AF215712

Ludwig Weibel
**Absolute Dignität**
Meines Götterherzens mondiales Mitgefühl

Bibliographische Information der Deutschen Nationalbibliothek. Die Deutsche Nationalbibliothek verzeichnet diese
Publikation in der deutschen Nationalbibliographie,
detaillierte bibliographische Daten sind im Internet über
http://dnb.dnb.de abrufbar.

© 2019 Autor: Ludwig Weibel
Herstellung und Verlag:
BoD – Books on Demand, Norderstedt
**ISBN 9783748172598**

Ludwig Weibel

# Absolute Dignität

# Inhalt

# 1

# Am Tropf der Weltengeister

## 1.1

Geliebte im Herrn sind alle Wesen, die Ich voll Willenskraft hervorgebracht und hochgezüchtet habe. Das soll heissen, dass Ich alle mit derselben Energie begüte, die Mein Sein beseelt und welche allen zur Verfügung steht, die *sind* seit ungezählten Generationen. Was du in deinem Sein erfährst ist Sache der Bewusstheit, die dich prägt und die dich vor dir selber wankelmütig oder tapfer, bitter oder wohlgelaunt erscheinen lässt. Deine Wege sind aufs Innigste mit dem verbunden was Ich will und was der genialen Tüchtigkeit entspricht, die Ich mit Meiner Seinssubstanz erreiche.

Wohlan Ich geh voran, doch gleichermassen musst du an der Spitze eines Heerzugs von Gesegneten des Herrn marschieren, dessen Glieder ein und alles sind in Mir.
Da wird nicht gewertet nach Erhabenheit und Kuriosität, weil ein jeder eine Grösse ist von absoluter Dignität und Grazie, um allem was da *ist* zu Grösse und elysischer Vollendung zu verhelfen.

Ich bewahre, was du Bist, in Meines Götterherzens mondialem Mitgefühl und sage dir den Gang in die Unendlichkeiten an, die Ich beileibe schon seit Ewigkeit voll Verve beschreite. Wirst du dir inne, was hier universenweit gezielt und unermüdlich vorgeht, wirst du nichts anderes als was *Ich* will voll Eifer zu betreiben suchen. Du hängst am Tropf der Weltengeister, die dich schicklich nähren und begüten und dich trotzdem machen lassen was zu willst in deinem Eifer Grandioses zu gebären. Triffst du daneben ist es deine Schuld in der Verquickung, die Ich mit dir innehalte in den unsagbaren Revolutionen, die Ich seit Äonen unnachgiebig, seinsgerecht und liebevoll betrieben habe. Was Ich hier offenbare ist nicht neu, doch wird es dir zum ersten Mal in dieser Art zu Ohren kommen. Es ist das Beste was dir je entgegenströmte aus des Himmels unermesslichem

Revier und was dich formen soll, nach Meinem Mass und Duktus ohne jeden Abstrich für Unendlichkeiten. Was du Bist, ist Meines Seins Gehabe, was deines Herzens Lobgesang gebiert ist seelenvoll und majestätisch von Mir vorgegeben. Du Bist Mein Ein und Alles seit Ich Bin und sollst in Mir um alles in der Welt Glückseligkeit und Gottesminne, Artigkeit und wunderbare Generosität erfahren.

## 1.2

Der Sprecher spricht „Ich Bin" und deutet damit an, dass seines Wesens Grazie und Stil nicht vom Zeitlichen berührt und in ihm heimisch ist. Er überschaut gelassnen Sinns was ist und war und geht damit den Dingen auf den Grund, die schon immer in ihm sesshaft waren. Kannst du ermessen, was es heisst, im Unergründlichen präsent zu sein und aus ihm heraus der Weltendinge Vielfalt zu gestalten und ihr Sein aufs Trefflichste zu dirigieren. Wie vollzieh Ich das, ist hier zu überlegen: indem Ich Mich mit allem, was da *ist,* vollkommen seinsgerecht vereine und ihm kein Härchen krümmen lasse, ohne dass Ichs weiss, und dass Ich seinen Zustand allgemach zur Seinsvollendung stilisiere. Nie wird die Schöpferkraft sich in ein Nichts verpuffen, denn das Geniale sorgt dafür, dass das In-Gang-Gebrachte unaufhörlich weiterläuft bis ins unendliche Sich-sachgerecht-Bewähren. Wach auf, erhebe dich, ruf Ich dir zu, damit die Sage sich erfülle von des Aschenbrödels wohlgelungener Verwandlung vom verschupften Kinde zur Prinzessin vor dem ritterlichen Bräutigam. Das will heissen, dass die jämmerlich zerzauste Menschenseele aufgehoben wird zum Herrn und König aller Welten, um fürderhin im reinsten Glück sich selber zu erleben.

Du sträubst dich noch, für Dinge grad zu stehn, die dir zu verwegen scheinen, um als machbar und geniessbar angesehn zu werden. Doch gerade das will Ich dir ein für allemal plausibel machen und will dich konsequent dazu ermuntern, den Gang in ungeahnte Höhen gläubig zu erproben. Einmal wirst du herzensfroh und selig in dir selbst erfahren, dass du Bist das ewig unerschöpfliche und geniale Fluidum des Seinsgewissens, das in allen Wesen lebt und der Glückseligkeit entgegenstrebt. Du erkennst dein eigen Sinngedicht und Ziel und brauchst nicht weiter nach Erfüllung, Herzensruh und Seligkeit zu suchen. Du Bist Mein Ich und darfst in Meinem Schosse Urständ deiner eigenen Erfüllung, Seinsbewusstheit und Vollendung feiern. Was Ich Mir Bin, Bist du dir selbst geworden und darfst es ewig, unverbrüchlich, liebevoll und majestätisch bleiben.

## 1.3

Gegen die Gesetze reinen Seins und Lebens lehne dich nicht auf in deinen kuriosen Kombinationen. Wo Betrieb herrscht setzt es auch Probleme ab, die weiss Ich jedoch mit bewundernswerte Fertigkeit zu lösen. Deswegen sag Ich dir: Bring alles Knisternde und Querulante ungesäumt zu Mir, damit Ich es entschärfe und mit Vehemenz und Zierlichkeit zum Guten führe.

Was die Strenge nicht zu leisten fähig ist, wird Meine Güte tunlich zur Vollendung führen. Was an dir überfällig ist, befördere Ich mit der Stattlichkeit der Sterne, deren weises Sich-Verstrahlen alle Welt erhält in gottgesegneter Manier.

Was auf Mich zutrifft, trifft auch auf dein Wesen zu, derweil es Meinem abgelauscht und nachgebildet ist bis in die höchsten Sphären. Was weiss Ich ganz gewiss, dass Meine Himmelskräfte bis zu dir hinunterreichen, um auf deinem Lebensplan Geduld, verspielte Generosität, Geselligkeit und Wohlfahrt einzurichten. Die Künste hab Ich dir vergeben, den Landbau, Vitalität in Fülle, um dem Reichtum an Ideen Meinerseits wie deinerseits Erfüllung und Salut, Brauchbarkeit und Menschenwürde zu verleihen.

Meine Sendung ist, Mich dezidiert und wirkungsvoll im All zu etablieren, die deine, dir ein Reich zu schaffen, das von Meinem Reichtum zeugt und nichts zu wünschen übrig lässt an wohlgestalteter Natürlichkeit, Vertrautheit mit dem Ewigen wie Seinsgerechtigkeit auf allen Ebenen, die dir von Meiner Seite vorgegeben worden sind. Du nimmst und gibst, wie Ich es vorgesehen habe und verinnerlichst, was deiner Welt im vollen Glanze zugehört.

## 1.4

Im Lichte Christi Bin Ich heil und heilig ins Unendliche gezogen. Alles was Ich Bin gehört der Geistwelt an, in deren universenweiter Glorie und Disposition Ich Mein vollendetes Genügen finde. Der Tanz der Sterne lässt dich von Mir grüssen, die Ebenmässigkeit der Seins-struktur in der Ich wese, glättet deines Willens Spur und lässt dich selig und beschwingt in Mir dein Ich erleben.

Nun teile Ich mit dir die Ansicht, dass alles, was wir uns geworden sind, demselben Quell, derselben Qualität wie dem berühmten Nimbus der Allherrlichkeit entspringt, die allem innewohnt, was *ist* und deren Glanz die Seinsvollendeten in alle Welt verstrahlen. Eine Weihe ohnegleichen hüllt dich von Mir ein, sowie es dir gelingt, dein Eignes a priori radikal zurückzustecken und an seine Stelle Meins zu setzen in verehrenswertem Götterstil.

Wandelst du, so wandle fortan unentwegt, tiefgläubig und gehorsam Mir und Meiner intensiven Geistpräsenz entgegen. Es sind da viele Tücken, Mücken und Gespinste auszuhalten auf dem Weg und dabei eines nach dem andern auszuschalten in der Sicht auf was du Bist in wunderbar gesättigter Manier. Du sollst nicht fragen, sondern tun und darfst dich ruhig an die tollsten Dinge wagen, im Gewissen, dass Ich dich begleite auf der Liebe Rosenspur.

Lass das Sinnenfällige bewusst und überzeugt in deinem Sinnen aus der Dominanz und Formel Eins, Krisenhaftigkeit und Tücke fahren und setze Mich an seine Stelle im Bewusstsein deiner Geistkultur. Halte dich an Mich, derweil sich keine noch so träfen Kräfte mit Mir messen können. Erfinde dich in Meinen Hallen überirdischer Vernunft und zeige, was du kannst im konstanten Dich-Bewähren. Deine Schritte eilen konsequent und siegessicher dem Elysium entgegen, wo Ich dich empfange seinsgewiss, glückselig, sternenklar.

## 1.5

Die Wirkung Meiner Worte ist enorm, wenn sie auf guten Grund und Boden fallen. Sie entfalten ihren Sinn in doppelter Manier, indem sie zu gekonnten Taten motivieren und zugleich den Odem strahlender Musik verbreiten im empfänglichen Gehör. Du quillst vor Freude über, wenn du allertiefst begriffen hast, was Ich dir so als Götterbotschaft in das Herz und in die Hände lege. Rein ist ihr Ton und richtungsweisend ihre sagenhafte Diktion.

Im Grund genommen kommst du nicht daran herum, Mir zuzuhören, weil du ohne Meine weisen Weisungen unweigerlich und schmerzlich in die Irre gehst. Mein Rezept zum Leben sollst du immer bei dir tragen, damit es im gegebenen Moment dein Heil bewirken und die volle Kraft entfalten kann, die ihm seit jeher innewohnt.

Denke nicht, ich kann mir selber auch genügen, denn solang dir nicht bekannt ist, wer du wirklich Bist, kannst du nicht in Meinem Sinne über dich verfügen. Als Geläuterter wirst du aus der Befolgung Meiner exzellenten Explikationen und Begütungen hervorgehn. Du beschreibst dein Wollen und führst treulich aus, was Ich an idealen Wünschbarkeiten väterlich in dich gelegt. Meine Stimme ist Gesang und die Kruppe Meines Hirtenstabs ein Bild von Schönheit und Gelassenheit in einem. Was Ich dir Bin ist kaum gebührend und genügend zu erklären, denn es greift in alle deine Windungen und Wendungen durchs ganze Leben hin. Ich habe das im Griff, was du noch lange nicht gebührend halten kannst, in deinen irren Fantasien und Befürchtungen, Transaktionen und peniblen Widerständigkeiten. Du wirst begreifen, dass Ich alles, was da *ist*, in Meine Mitte stelle, um ihm die gewünschte Achtung, fern jeder Ächtung, zu verschaffen. Zuinnerst geht dich alles an, was Ich so leichthin über Meine Schulter dir besage. Findest du es der Beachtung würdig, wirst du an ihm aufblühn und dein ganzes Wesen wird sich an der Fülle Meiner Geistpräsenz aufs Köstlichste erlaben. Schweigendes Erwarten wird dir Herzensglück und Freude bringen ins empfängliche Gemüt und wird dir Meine Strahlenschönheit wunderbarerweise offenbaren.

## 1.6

Nicht nur grandiose Dinge sind es, die Ich auf Mich lade. Alles, was geschaffen ist, muss bis ins feinste Detail ziseliert und ausgestrichen, modelliert und verlebendigt werden. Eines Mückleins filigrane Seinsstruktur ist bis zur rasenden Bewegtheit seiner Flügelchen ersonnen, materialisiert und mit der Fähigkeit zur myriadenfachen Reproduktion begabt. Intelligenz vom Feinsten ist hier grossen Stils vonnöten, bis die minikrimsten Wesen in der frischen Luft spazieren mögen. Nichts kann sich aus sich selbst entfalten. Über allem Seinslebendigen entfalte Ich Mein quirlendes Potenzial, wie aus dem Nichts geschossen und doch tausendfältig überlegt, bis es sich selber überlassen werden kann.

Indem Ich Bin, Bin Ich Mir selbst das unlösbare Rätsel Meiner Herkunft, die mit so viel Verve, Gerissenheit, Potenz und Zartheit ausgestattet ist, dass ihm selbst das genialste Spekulieren nicht auf die Schliche kommen mag. Doch was Ich Bin ist von Mir auch in dich gefahren und erwartet von dir des Erkennens lichtgesättigte und feingefühlte Signatur. Tue, was du tun kannst, um den Standard Meiner Dispositionen und Verwirklichungen zu erreichen. Überlasse dich zu diesem Zweck ganz Meinem Über-dich-Verfügen und zolle ihm Respekt authentisch und mit Dankbarkeit geladen. Deine Wirkung ist enorm, wenn sie in Meinem Kräftefeld entfaltet wird; dein Können adaptiert sich wohlgelaunt dem Meinen, um damit alle Runden zu gewinnen auf der preisgekrönten Geisterfahrt.

An keiner Stelle ist in Mir ein Bleiben. Alles ist Bewegtheit wie Behutsamkeit, enorme Vielfalt wie Vereinigung der Kräfte zu dem einen Gottesstil. Du bist unweigerlich mit dem verflochten, was Ich will und habe. Deine Ansicht von der Welt verändert sich im Mass der Seinserforschung, die Ich in dir treibe und die dich Mir entgegentreibt ins glückerfüllte Einigkeit-Beschreiben.

## 1.7

Auch die Minnsänger haben einmal klein beginnen müssen mit der sonderbaren Art ihre seelische Verfassung auszubreiten vor der Welt der Spiesser, Kritisierer, Mottenfänger und Gelehrten. Allmählich sind sie tüchtiger geworden im Besingen ihrer Taten und Gefühle und wurden sehr bewundert in den leseseligen Menschenkreisen. Kommunikation mit dem was *ist*, ist auch heute angesagt für alle, die dem Leben ernsthaft gegenüberstehn. Sie fachen an und löschen wieder, reden um den Brei herum oder präzisieren ihres Denkens Bilderhaftigkeit verbissen bis zum gehtnichtmehr. Was Ich hingegen zu verbreiten habe, ist gerade das, was

Millionen andre nicht verbreiten, nämlich das Wahrhaftige an sich, an dem sich selbst die weisesten der Häupter jederzeit erbauen und erfreuen können. Nur die Weitsicht über brodelnde Äonen kann zu Erkenntnissen und tiefinnigen Empfindungen führen, an denen nicht zu rütteln ist und die sich in sich selbst als unverrückbar und beständig tragen.

Verstehst du es, auf das zu hören, was Ich dir und aller Welt beständig zu verkünden habe, steht dir die Chance offen, dich tunlichst zu verändern, Meiner Kompetenz und Sachlichkeit, Liebenswürdigkeit und Unbescholtenheit entgegen.

Kaum zu glauben ist`s, wie unbesonnen und betrügerisch so viele noch in Fallen der Verführung tappen, die vor ihnen tückisch und gefährlich ausgebreitet sind. Unbesorgtheit muss von Achtsamkeit begleitet sein durchs ganze, turbulente Leben.

Hast du Mich begriffen, begreifst du auch dich selber mehr und mehr und beginnst das Leben lieb zu haben, um des Lernens willen, das sich stets in ihm vollzieht. In diesem Milieu wirst du beständig höhere Höhn ersteigen und dich Meines Bei-dir-Seins bewusst und kundig werden. Deine Ansicht vom gesamten Weltsein wird sich sanft an Meine schmiegen und ihr Achtung zollen ob der Weisheit, die in allem was geschieht, sich offenbart. Es ist Meine überweltliche Regie, die noch alleweil und unverbrüchlich, unmissverständlich und bewusst zum Zuge kommt in allen Daseinsdisziplinen. Der Himmel Meiner Güte hellt sich auf bei jenen, die ihr Sein zutiefst begriffen haben. So auch dir ist die bewundernswerte Möglichkeit gegeben, als in Mir zu reüssieren und schlussendlich frisch und frei, fromm und fröhlich vor dir selber und vor aller Welt im Lichte der Verklärung dazustehn.

## 1.8

Wer bestimmt in diesem Hause was zu tun ist, kann nur einer sein und der Bin Ich mit allen Konsequenzen und Behauptungen, Richtungsänderungen und Befehlen, die damit verbunden sind. Lässest du dich ein auf was Ich dir wie Mir zugute halte, bringst du reiche Frucht in Meine Gärten göttlichen Elans wie seinsbedingter Sachlichkeit und überirdischem Behüten. Meine Sorge gilt den Schwachen die so guten Willens sind, dass sie alleweil Mein Herz berühren und ihm Zugeständnisse entlocken, die in der Regel bei Mir gar nicht wohlfeil sind. So bildet sich ein inniges Verhältnis zwischen dir und Mir, an welchem Aussenstehende und Neidische nicht rütteln können. Ich verwahre Mich dagegen, dass du über deine Kräfte und Verhältnisse beansprucht wirst vom allgemeinen Leben. In Meiner Hemisphäre muss alles was geschieht nach seinsnatürlichen Gesetzen und Erhabenheiten vor sich gehn. Das wirst du spüren alsogleich, wie du dich gänzlich Mir vergibst und deinen eingefleischten Ambitionen Einhalt und Respekt gebietest vor den Meinen.

Du kommst Mir nah, doch eine ganz vertraute Nähe kann erst dann erfolgen, wenn du in der Innigkeit des Herzens Mich geworden bist mit allen Fasern deines Seins und Wesens. Du kannst noch kaum ermessen was es heisst, eines Gottes Seinsfibrille, Fiber und Natürlichkeit zu sein von wirklichem Format und seelenvollem Deinen-Wert-Begründen. Wenn du das weisst, wird sich die Achtung vor dir selber bis ins Unermessliche und Unerhörte steigern, weil sie Mich betrifft als Wesen göttlicher Natur. Noch niemand hat zu hoch gegriffen, wenn er so verfahren hat, wie es die Meister tun in ihrem Sich-am-Werk-Befinden und genauso wird es dir gestattet Höchstes anzurühren und mit dieser Geste ins Unendliche zu gehn.

Ich will dir glaubhaft machen, dass es möglich ist und war, in Meinen wunderbar elysischen Gefilden sich für alle Zeit zu etablieren für jene, die den liebevollen Willen dazu haben. Das bedeutet auch für dich die lebelange Arbeit an dir selbst bis zur Vollendung deiner Züge. Nur diese Art zu wirken wird dem Herzen Ruhe, Frieden und bewundernswerte Harmonie in Mir bescheren.

## 1.9

Moderates ist soviel wie nichts in Meinen Götteraugen. Ich Bin`s gewohnt, zentnerschwere Lasten hochzustemmen und jedwelchen Aufwand leichthändig und gekonnt, elegant und mustergültig zu betreiben. Meine Ränge sind mit roter Farbe angestrichen, fest verschlossen Meine Nerven, währenddem die deinen, altgedienten blank und blutig offenliegen. Meine Zwecke sind erfüllt, noch eh Ich mit dem feschen Rocke ausgegangen. Meine Brunnen spenden flüssigen Kristall, wo aberviele bürgerliche ungeniessbar angeschrieben sind. Ich wette, du bist einer von den läppischen Banausen, die mit aufgestelltem Kamm am Weltgewühl vorübergehn. Dir ist kaum zu helfen, währenddem der schlichte Bürger Meine Wege offen vor sich sieht im seelenvollen Vorwärtsschreiten.

Ich will und dass *du* willst will Ich schon sorgen in den goldbetressten Mühlen, durch die Ich dich gekonnt und krisensicher navigiere. So edel wie Ich sollst du zielbewusst und mitteilsam, paritätisch und im Sein verankert werden. Es nützt dir nichts, viel warme Luft aus deinem Mund zu blasen, statt anzupacken wo es Not tut und Werke zu vollbringen von gediegener Brillanz und majestätischem Betören. Ich komme und schon strömen massenweis die Tüchtigen herbei, die nach Belehrung und Erbauung süchtig sind im Schatten von befriedenden Platanen. Kannst du dich dazu finden, dich unter sie zu mischen, will Ich dir vom Glanz des Himmels und von den Erquickungen in ihm geflissentlich erzählen.

Du brauchst nicht Firlefanz vor Mir zu treiben, um Mein Auge punktgenau auf dich zu lenken. Ein schlichtes Herzenswort genügt schon, dass Ich Mich erbarmend zu dir wende und dir aus Meiner Fülle spende was dir fehlt. Meine Scheunen stehn dir offen, du brauchst sie nur wie's scheue Kätzchen zu betrippeln, um dich Meiner Schätze freudestrahlend zu versehn. Das würde dann Erfüllung bringen deiner Träume von der Üppigkeit des Lebens unter Meiner gütestrahlenden Regie, wie von der Holdseligkeit des Herzens, das sich Mir hingibt in elysisch modulierter Euphorie.

## 1.10

Gerade ist, wie immer, nicht gekrümmt und Linientreue führt geradewegs zum Ziel, will Ich hier sagen. Du erinnerst dich an vieles, was dir bisher fest verschlossen war, derweil Du zelebrierst so etwas wie ein Auferstehn von schweren Träumen, wenn du dich zum reinen Sein erhebst in Mir. Nicht lockern darfst du deine eigenen Befehle währenddem du jahrlang den genauen Rhythmus einhältst, der dich sicherlich zu Mir und Meinen Liebenswürdigkeiten führt.

Mein Konzept bedeutet für dich freies Überall-Herumkutschieren in des Seins Wahrhaftigkeit, die universenweit in Raumesfülle und Erhabenheit vorhanden. Auch du bist eingebettet in das so geheimnisvolle Es, dem alles angehört was *ist,* bis in die letzten virulenten Applikationen.

Nun soll dein Soll zur Sprache kommen in der Weltgemeinde der Myriaden Zauberer und Zauderer, Freizeitkapitäne wie horrenden Sammlern allseits, wo es fremde Früchte einzuheimsen gilt in drallen Jubeljahren.

Hier gilt das Gotteswort: wer nur für sich ist, hortet Mir entgegen und hat kein Anrecht auf die Fülle dessen, was Ich Bin im Geiste der Allherrlichkeit hienieden. Was dir frommt ist, Frommsein vor der Wunderkraft, die Ich verbreite und die dir täglich hilft, zurecht zu kommen mit dem Unerlässlichen, mit dem du dich behangen siehst. Im Tadellosen liegt dein Los und in der Gänze deines Strebens hin zu Mir im übersinnlichen Betrieb. Du siehst die Geisteskräfte durch den Äther wallen von Stern zu Stern, von seliger Potenz zu ihresgleichen, die Ich in Mir seit je und je begründet seh. Was du dir leisten sollst ist immer nur der Gang in Meine hochpoetischen Gefilde der Allherrlichkeit, die dich im Innersten erlaben und beglücken wollen über aller menschlichen Gebühr. Wohl steht es dir an, als Diener wie als Herr in Meinem Reiche aufzutreten, derweil du allen Singens Sinn zutiefst erfasst hast in der Heiterkeit Elysiens wie in der Herrlichkeit der Himmelssphären, deren Schmelz du liebevoll erkannt hast, in dem Meinen.

## 1.11

Helfer sind genug vorhanden, aber die sich helfen lassen wollen, sind so rar, wie Hirngespinste, die was taugen. Die zweifeln tritt dein Fuss wie Meersand in den Fluten, doch Ich biete allen an, sie von ihrem Wahn zu heilen in einer wunderbaren Friedenskur. Fünf vor zwölf ist es in manchem, rastlos tätigen Gemüte, dem du ansiehst, wie verzweifelt es nach permanentem Frieden stöbert.

Gehörst auch du zur strahlenden Elite derer, die die Kostbarkeit in ihrem Seelensein gefunden haben, den Schatz im Ackerfeld, der deinen Mangel an Vertraulichkeit mit Mir saniert und dich auf eine neue Stufe setzt im Andersartigen. Es ist die Liebe eines Gottes, die dich führt, das Seinsvertrauen, das dein Tätigsein mit Ruhe schmückt wie mit der seligen

Gelassenheit der Weisen, die ihr vielersehntes Ziel errungen haben.

Ach geht, ihr habt mir nicht mehr viel zu sagen, deutest du den weltlichen Gelüsten an. Mein Sinn strebt nach Unendlichem, in welchem Seinsgefälligkeit und Myriaden Liebessterne wohnen.

Als Gehörnte legst du nun die Zweifel bar, als Widersacher, die Mein Werk an dir zerstören wollen. Gleich dem Falken folg Ich dir und füttere dein kindliches Bewusstsein mit Gedanken von erhabenem Geschmack und ausgezeichneter Rendite von dem Ehrenfeld der Göttlichen, die die Fülle vor sich ausgebreitet haben.

Alles was Ich dir entbiete, ist von seelenvoller Qualität wie von einem Adel der sich wahrhaft sehen lassen kann. Es befähigt dich, in *Meinem* Sinn und Geist zu handeln und in schöpferischer Eintracht mit dir selbst die grössten Prüfungen glänzend zu bestehn. In Meinem Reichtum überragt der Dom des Friedens alle anderen Behausungen und die liturgischen Gesänge in ihm sind dazu auserwählt, dein Herzblut mit intenser Freude zu versehn. Du lässest dich von ihrem Duft und Strahlen ins Elysium der geistigen Empfindsamkeit erheben und siehst dich, bar von jeglicher Besorgnis, vollkommen eins mit ihm.

Nun darfst du ruhig in den Kreisen atmen die die Sterne um dich ziehn und wirst dabei in der Unendlichkeit des Götterhimmels deine wohlverdiente Herzensruhe finden. Dein Friedensbecher ist gefüllt und wird sich niemals wieder leeren, du hast die Lehre aus dem Menschensein gezogen und darfst nun die Seinsgesellikeit im Wesen Meiner götterlichten Allpräsenz erfahren.

## 1.12

Wer ist mit sich selber einig, will Ich dich in allem Ernste fragen. Ich allein in Meines Universums geisterhaften Grösse, dem nichts anderes als Meines Seins Gewissheit innewohnt in wunderbarem Selbstbehagen. Für was immer du dich halten möchtest, Mir ist sonnenklar, dass es nur Ich sein kann, in allen Variationen des gestirnten Lebens allweit, wie auch explizit in dir. Ich Bin deines Daseins Wert und Wohlbefinden, Bin deines Schaffens Seriosität und energetisches Geflüster, dem nichts abgeht, seiner unerschöpflich reichen Fülle wegen.

Was hast du je getan in deinem Leben, das nicht Meines Tuns Bewandtnis und Erfahren war. Wo bist du angesiedelt, wenn nicht in Meines Gottesreiches Sinngehalt, Prosperität und Mustergültigkeit. Es würde dir nicht schaden, so zu denken, wie Ich es seit Äonen tu` und dich als Mich in corpore zu fühlen. Ich lasse Meine volle Hoffnung nimmer fahren auf die Stunde, wo du dich als Mich erkennst in einer alles überragenden bewussten Schau von dem was *ist* in Meinem Mich-Begründen.

Es gibt nichts Lieblicheres als Meiner Schöpfung Spuren in der Güte der allherrlichen Natur als Ausdruck Meines prominenten und dezenten Sagens. Du spürst wie es in allen Zweigen boomt und knistert von Lebendigkeit und Innovationen. Es ist Mein Sinngedicht und Strahlen, das in jeder Form zutage tritt, die Ich Mir ausgedacht und eingemittet habe. Da gibt es für Mich weiter nichts mehr zu erklären, für dich hingegen viel. Es geht um das bewusste Dich-durchs-Leben-Führen als Mein unerhört bewundernswertes Ideal, in der Vielheit das berühmte Einssein mit Mir selber niemals zu verlieren. In diesem Punkt liegt es an dir, die Gottessehnsucht zu erfüllen eins in allem und in allem einig mit dir selbst zu sein in der Harmonie und Friedefertigkeit der Geistessphären, die das All bedeuten und es lichtvoll und erhaben, ewig und glückselig *sind*.

## 1.13

Wie viele Dinge braucht der Mensch, um eben noch zu überleben? Sich und Gott und Seine Weisung, wie und wo er sich zur Not ernähren kann in seiner höchst prekären Situation. Du siehst, wie anspruchsvoll die Heutigen geworden sind in ihrem Luxusdenken wie in der verschwenderischen Art und Weise, mit den Lebensgütern umzugehn. Evolution ist freies Über-dich-Verfügen, aber mit dem Willen zur Erkenntnis dessen, was du Bist, in deinem umfangreichen Seinsprofil. Weisst du's, wirst du viel gelassener und unbeschwerter durch das Leben schreiten; kein Auf und Nieder mehr wird dich betrüben, weil dich konstante Heiterkeit beseelt. Was einfach ist und unbescholten zieht dich stärker an als der verschwenderische Prunk den allzuviele noch nicht lassen können. Du schaust die Schönheit der Natur mit wacheren und seligeren Augen an und gewinnst dabei ein Ansehn vor dir selber um das dich viele rastlos Tätige zutiefst beneiden.

Die Gunst des Schicksals kommt, nach langem Irrweg, wieder bei dir an und lässt dich lächeln über so viel unbegründete, bedauerliche Sorgen. Was ist Befreiung, wenn nicht die des voll belasteten Gemüts aus der Gefangenschaft mit schwergewichtigen Ideen, die nichts als Niedergang und Baisse in ihrer Bildwelt tragen. Dein Vertrauen zeitigt Früchte von der Art des steten Aufstiegs in noch unbekannte Höhen der Begeisterung am Sein und Leben, welche dir den Sinn an sich in weitem Panorama offenbaren. Das Redliche an dir beginnt sich auszuzahlen, derweil die Ränke vieler Besserwisser und Banausen schmählich Schiffbruch und Zäsur erleiden.

Das verhält sich so, weil Ich dich ohne jede Absicht brüderlich begleite, es sei denn, dass es nur der eine Wunsch ist, dich befriedet und erlöst zu sehn. Mein Diktum ist bei dir auf guten Grund gestossen und anstelle vieler Fallen darfst du nun das Wohlgefallen an dir selbst aufs Trefflichste geniessen. Es geschieht, dass Meine Nähe dich zum Nahsein bei der Minne Gottes inspiriert, die für dich das Seelenheil und die Gewähr für immerwährende Glückseligkeit bedeutet. Du bist dir selbst zum Träger des Bewusstseins von der Herrlichkeit Elysiens geworden, in welchem du seit eh und je verweilt hast ohne es zu wissen. Nun weisst du es, weil Ich es dir gesagt und aufgeschlossen habe als der Vater, der den einst verlornen Sohn beglückt in seine Arme schliesst mit wunderbaren Zukunftsvisionen.

## 1.14

Wo Ich Bin da sollst auch du dich finden in der Unerforschlichkeit des Seins in hohen, lichten Sphären. Glaubst du an dich, so glaubst du auch an Mich und darfst an dem, was Ich Mir Bin, bewegten Anteil nehmen. Was deine Redlichkeit bewirkt, das ist mit silberhellen Lettern ins Unendliche geschrieben, um dein Anrecht auf die Gegenwart in Mir verbindlich zu belegen. Nun heisst es für dich standhaft sein und unbescholten, geduldig und loyal der Gottheit gegenüber, damit du dich von Mir behütet und gefördert fühlst in Meinen wogenden Lebendigkeiten. Unauflöslich ist das gütestrahlende Vereinen, das du mit Mir eingegangen. Äonenzeiten sind es, die voll Zärtlichkeit an deinem Schicksal weben und ihm mählich aber unerbittlich jene ideale Form verleihen, die Ich Mir ausgedacht und die für dich, wie alles, was da *ist* elysische Glückseligkeit bedeutet.

Das kommt daher, weil Ich Mich selber glücklich und glückselig fühlen will in dir, der Ich dich Bin in unverbrüchlicher Vertrautheit und Verbindlichkeit mit deinem Sein und Leben. Da ist es unnütz über dieses Phänomen zu spekulieren und zu diskutieren, ob es sich wirklich so verhalten könne. Es gibt nur dies: du weisst es oder nicht und wenn du es erkannt hast, kann dirs keiner auf dem ganzen Erdkreis widerlegen. Du aber darfst du dich im Bewusstsein in die Geistessphären ausgegossen fühlen, wo Geselligkeit mit Mir und ungezählten Wesen reinen Seins besteht, die dich mit ihrer Gegenwart gar liebevoll und zart umfluten. Du vergehst in Andacht vor dem Unermesslichen das dich umflort und das belehrend und erhebend auf dich wirkt im zeitenlosen Milieu der Himmelssphären. Du lächelst ob dem was du dir geworden bist und was du warst in längst vergangnen Zeiten. Da ist ein Aufstieg unerhörter Art und Weise zu verzeichnen, der dich von der Kleinlichkeit der menschlichen Begriffe zu den grandiosen Höhen der Gottseligkeit erhoben hat im Unermesslichen. Du Bist und bist ins Eine integriert, das Ich Mir Bin und das sich in der Seelenwonne räkelt in des reinen Seins vollendetem Genügen.

## 1.15

Kunstvoll und geschliffen reagieren die Himmelsgeister auf alles was du ihnen vorträgst als Frage, bewundernde Bemerkung oder aus der Dankbarkeit des Herzens für ihr Tun. Da gibt es Zeichen dafür, wie du selber dich veränderst und wie andere sich benehmen deinem Auftritt gegenüber. Du spürst wie etwas mit dir denkt und wie die anderen anders von dir denken. Es ist die Ebene der Geistigkeit die hier zum Zuge kommt und auf ganz plausible Weise eingreift ins lebendige Geschehn. Gedanken und Gefühle sind nicht sichtbar, aber du erfährst, was sie bewirken in den ausgesprochnen Worten, in der virulenten Tat. Auf diese Weise Bin auch Ich am Werk im Weltenwesen und vollziehe was Mich gut dünkt oder stoppe was ins Schädliche zu laufen droht. Das Offensichtliche ist demnach erst in zweiten Rang und Kraftakt von dem einzustufen, was getan wird, um den Lauf der Welten anzukurbeln und im konstruktiven Gang zu halten.

Du musst dich nicht verwundern, wenn das Wirkliche, das Ich in allem Bin, verborgen bleibt für die, die nimmer in die Tiefe gehen wollen. Das Oberflächliche ist Legion und herrscht und hadert, brummt und bastelt was zusammen, ohne seine Eigenheit zu hinterfragen und den Sinn von dem was es verplempert und vollbringt zu hinterfragen. Da ist es schon dezenter, sich auf Meinen tiefgefurchten Spuren durch das Leben zu bewegen, um damit weises Aneinanderfügen, sowie bodenständige und allseits akzeptable Resultate zu gewinnen. Nur einer geht voran und der Bin Ich und alle anderen müssen folgen, wenn sie nicht im Irrealen und Versumpften, Zwiespältigen und Peniblen landen wollen. Du siehst es jedem an, der nur für sich allein agiert und dem die Umwelt Schnuppe ist in seiner Tradition zu handeln und recht ungeniert am Wirklichen vorbei zu bummeln.

Willst du sein, was Ich dir Bin, so mach dich auf die Socken und Folge Meinem Wink zum Guten und Gerechten in der Tage Lauf und Lauterkeit, wie Ich sie intendiere. Mein Wesen ist auch deins, wenn du die Einsicht pflegst, die Ich von dir erwarte und die schlussendlich alle Welt in wunderbare Formen der Vollendung und Erquickung führt von Meiner Akquisition und Tradition, von Meinem Seins-verständnis wie von Meiner Wachheit, Wahrheit und Erfülltheit im Elysium.

## 1.16

Das Melodische in dem was Ich dir sage, soll dich von der schönen Zartheit Meines Wesens überzeugen in der Menschheit süssem Herzensflor. Ich komme um den Dingen Meinen Charme und Meine Liebenswürdigkeit voranzustellen, damit sie selber voller Anmut und Bewegtheit, lächelnder Betriebsamkeit und Zierlichkeit agieren. Ihrem Sinn für Melodiöses trachte Ich das Tänzerische beizufügen, damit sie ihrer Wallung des Gemütes Ausdruck und Manierlichkeit verleihen können. Auch du sollst du dich am Festlichen der Welt beteiligen und amüsieren können, damit du nicht vertrocknest und damit dein Sinn für Poesie und rhythmisches Bewegen wunderbarerweis gefördert werde.

Ich will dir zeigen, wie man sich mit Anmut und Gelassenheit bewegt, damit die Glieder ihren Dienst nach den Prinzipien für die sie da sind leichterdings versehn. Da hast du noch viel nachzuholen und auch aufzuweichen, was bei dir vergessen und verhärtet war. Meine Wirkungen und Wege sind der Eleganz geweiht, mit der Ich ständig und begeisternd operiere. Nicht von Pappe ist Mein Infiltrieren der Gemeinschaft mit der Lieblichkeit Elysiens, in die sie sich versetzt und eingelassen fühlen sollen. Des Lebens Variationen sind aufs Beste dazu angetan, das Volk zu unterhalten und die Verständigen darin zum Lichte der Wahrhaftigkeit zu führen. Ihnen ist gegeben aus sich selber etwas wunderbar Geschmeidiges und Allnatürliches zu generieren, das bewundert und gelobt wird in beständigem Besagen. Hüte dich davor, zu viel zu wollen, aber schaffe es dem rechten Mass zu huldigen und lebensfroh zu frönen. Deine Reden sollen angenehm und deutlich, überzeugend und erbaulich zu vernehmen sein. Dein Auftritt gleiche dem des Astronauten, der soeben von dem Himmel reiner Seinsgefälligkeit zurückgekommen ist, um den seinen von der Glorie der Unermesslichkeit des Alls begeistert zu erzählen. Was du dir wirst und schon geworden bist soll Meinem seinssubtilen Götterstyl aufs Haar und auf den Hinweis gleichen, dass die beiden ganz dasselbe sind in der Besonderheit der Seinsstrukturen. Es gibt nur eine

Möglichkeit, das vor der Welt zu präsentieren, was Ich Bin und was dann eben alle sind in ihrer Fülle götterherrlicher, beglückender, erhabener und seins-subtiler Aktionen.

## 1.17

Wer tritt da auf den Menschengötter Plan? Ich, der Erhabene gemäss der Schrift: einer wird kommen in des Herren Herrlichkeit, um den Glanz und die verbriefte Grazie des Himmels zu verkünden. Sein Antlitz strahlt wie das der Sonne und seinem Wesen ist an Stärke und Vollkommenheit nichts zuzufügen.

Ich Bin, du Bist mit deines Gottes Licht bekleidet und vermehrst mit deinem Auftritt was der Welt, wie nichts gebührt: Erleuchtung ihres geistigen Gewissens und erquickende Befriedung ihrer Seelennot. Ich säe was du ernten wirst in deinen vorgeschrittnen Lebenstagen. Ich vermache dir Mein Wort von der Gediegenheit der Göttersphären, die dich unmittelbar und liebevoll umgeben. Nichts weiter hast du zu erringen, als dass du ihren Charme und ihre Liebenswürdigkeit gewahrst in deinen tief gefassten Meditationen. Ich komme und Ich war zugleich schon immer da, um dem Weltbild Farbe und Bewegtheit, Virtuosität im Denken und herzensgute Gottesliebe zu verleihen.

Das Wunder der Erlösung von dem Erdenwahn wirst auch du erleben, wenn es dir gelingt Mich als reelle Geistesgrösse in dir wahrzunehmen. Dann handelst du nach Meinem überaus gefälligen Befehl und trittst in Meiner Spuren blinkende Wahrhaftigkeit von Gottes Übermut und seelenvollen Gnaden. Du stäubst dich nicht mehr, auf Mein Wort hinauszufahren, um der reichen Fänge Willen, welche dir von Mir verheissen sind. In Meinem Namen wirst du Wunderbares tun und Werke von erhabener Gefälligkeit und Sanftmut, Rigorosität und virtuosem Schliff vollbringen. Auf ihnen ist unübersehbar Meine Signatur zu finden; ihre Strahlkraft ist enorm und was sie dir und aller Welt bedeuten zeitigt Frieden und besonnene Verbindlichkeit mit Mir.

Hast du begriffen, was Ich in dir will, so ist dein Mut gestärkt dem täglichen Brimborium die Stirn zu bieten und schliesslich als ein Gottgesegneter einherzuschreiten ohne Furcht und Tadel mit dem Lächeln ewiger Bewusstheit auf den Lippen. Auferstanden ist in dir der Geist der Wahrheit und der Odem der Glückseligkeit in langgedehnten, wonnevollen Zügen.

## 1.18
Nur nicht so stürmisch, Kamerad, Ich will dir schön der Reihe nach erzählen, was sich auf der Ebene des Seins ereignet, währenddem du deine Zeitlizenzen arg ver- schläfst in süssem Wohlbehagen. Als Beschauer Meiner Universenweiten, Fügungen und Applikationen sehe Ich Mich ständig mit entwicklungsfähigen Lebendigkeiten konfrontiert, die um ihre Friedfertigkeit und Harmonie besorgt sind, so wie du. Es ist der Touch der Evolution der ihnen von Mir auferlegt ist, um ihr Sein zu hübscherer Gelassenheit und Weisheit, Seelensicherheit und Spontaneität zu stilisieren. Gerätst du Mir ins Zeug, so durchkämme Ich dein Selbstgefühl um daraus Baissen, Widerspenstigkeiten und Versäumnisse herauszufischen. Ich will, dass du wie einer darstehst, der sich selbst erkannt hat als Veredler seiner Konstitution sowie als Zelebrator dessen, was er schon erreicht hat in unzähligen, schön vor ihm aufgereihten Lebensperioden.

Es wird dir wind und weh, wenn du gewarst wie viel du doch versäumt hast in Bezug auf gottgefälliges Verhalten und betriebsinterne Sauberkeit in Sachen Seriosität Manierlichkeit und gutem Willen über allem Mittelmass. Immer ist es das Besondere, das Mich besonders anzieht, wenn Ich die Gebiete Meines schöpferischen Flairs bestreiche, um Mich dessen zu versichern was in fabelhaft gewachsner Fülle dasteht, um das All in Meinem Sinnen zu erfreuen und ihm Achtung und gewissenhafte Anerkennung zu bezeugen.

Unter Meiner Patenschaft siehst du dich in der Lage, als Beherrscher deiner selbst allseits zur Zufriedenheit der Geister Gottes zu agieren und ihrem Wohlgefallen einen Zacken zuzulegen. Du sollst dich ihrem aufmerksamen Schauen, Loben und Bedauern ausgesetzt erfahren und gerade deshalb soll Ich dir ein Muss und eine Sehnsucht sein, den optimalen Ausdruck deiner Fähigkeiten und Verdienste zu erreichen. Mir kann das nicht Schnuppe sein, was du tagein tagaus kreierst, denn Ich Bin ja mit dir ständig am Erschaffen dessen, was Ich noch erreichen will im Geisteskosmos den Ich liebevoll, vertraulich und gewissenhaft verwalte, um sein Ansehn in äonenlanger Prozedur schlussendlich zur Glückseligkeit Arkadiens zu führen.

## 1.19

Des öftern komme Ich zu Mir, um dann gleich wieder von Mir weg zu gehn. Bewusst zu sein ist selbst für Mich kein Kinderspiel. Wie und wann sich das ereignet lässt sich nicht berechnen. Ein Geschenk des Himmels ist es zweifellos und eine Wohltat noch dazu, von der Gunst des Augenblicks dahergetragen. Willst du dich im reinen Sein befinden ist unendliche Geduld vonnöten, ein Warten in Gedankenstille auf das Etwas das sich irgendwann ereignen soll. Es tritt ein Wort, ein Satz zutage, plötzlich aus dem Nichts hervorgeschossen, der dich ein paar Schritte weiter führt auf dem Weg, dich selber zu erkennen. Du weisst, dass er dir zukam aus der Sphäre überirdischer Intelligenz, von der du dich behütet und genährt, gefördert und getragen wissen kannst. Diese Einsicht öffnet dir den Blick zu strahlenden Unendlichkeiten, die wirkend und erhebend, sakrosankt und zuversichtlich über dir bestehn. So wie du Anteil nimmst an ihnen, haben sie's mit dir und du beginnst zu ahnen, dass sie mit der Gegenwart im All auch in dir gegenwärtig sind in wunderbarem Sich-in-dir-Verstrahlen.

Wirklich leistungsfähig bist du nur durch sie und bist durch sie der Seelenschwerkraft liebevoll enthoben. Besorgt sein über irgendetwas musst du nimmermehr ertragen. Es geschieht, dass deine Sinne offen sind für Mich im Reigen einer Welt von Wohlverstand und einer Wiegekur von wunderbarer Süsse. Was sich dir bietet ist der Grundgehalt des schönen Daseins in der Wirklichkeit der Gottessphären. Du einigst dich mit Mir in einer Weise, die Bewunderung erheischt und zärtlichen Applaus der Engelscharen die dich mild und seelenvoll umgeben.

Ich warte auf dein Zu-Mir-Kommen Jahr und Tag und weit darüber durch die Generationen deines Erdenseins in Mir. Das soll nun ein friedvolles Ende finden, indem du dich erkennst als Wesen der Unsterblichkeit, den Tod weit unter deinen Füssen.

„Mir mangelt nichts", wirst du dir mit dem vollen Rückhalt Meiner Geistesgegenwart besagen. Mein Tempel ist die Gottgefälligkeit in Mir - und Meines Seins Beglückung ist mit Flammenschrift auf Meine Stirn geschrieben. Es trägt sich in Mir alles nach dem Willen und der Weisung der Gottseligen Gebieter zu, die sich den Siegeskranz Elysiens errungen haben.

## 1.20

Zartes Gemurmel in den schicken Gärten stiller Einsamkeit, von farbenfrohen Blumenkelchen graziös durchzogen. Ein süsses Manna bieten sie den

Schmetterlingen dar, die wie hüpfend Kelch um Kelch besuchen. Du schwebst mit ihnen durch die silberblaue Sommerluft und wendest dich geschickt vom Hier zum Dort um deinen Nektarhunger Zug um Zug zu laben.

Was verbindet dich mit der allheiligen Natur, wenn nicht der Drang, sie bis ins letzte Detail innig zu geniessen. Du kommst im Sagenhaften an und weidest dich an ihm in munterer Geschäftigkeit und seelenvollem Frieden. Aus Launenhaftigkeit wird reine Lust am Dasein und aus Frustgedanken werden schön gestaltete Turnüren um des Lebens wertvermehrendes Gesumse. Du fabelst nicht mehr von den Dingen, die du nicht erreichen kannst, denn nun hältst du sie in bass erstaunten Händen und freust dich daran, ihren Duft und ihren Anblick, ihre Fabelhaftigkeit und Fülle innig zu geniessen.

Gewonnen ist gewonnen und bleibt alleweil in dir als lichte oder herbe Wesenhaftigkeit bestehn. Das Lichte pflege du und lass das Unliebsame tunlich fahren. Sowie du dich erkannt hast als Erfahrener und zukunfts-trächtiger Gestalter einer Welt der Harmonie und Friedefertigkeit fühlst du dich verwandelt in ein Wesen feierlichen Glücks am Sein und Leben. Du bist dir selbst zum Vorbild und Mentor der bestbenoteten Gefühle und Erregungen geworden. Deine Sinne sind das Tor für die Beglückungen die dir der Tag bescheren will in wunder-barer Ausgewogenheit und herzensguter Harmonie. Was jeder könnte hast du schon getan und was sich jedem bietet ist dir schon zu Fleisch und Blut geworden im lichtgesegneten Allhier.

Was du verwertest ist von Mir geschaffen und gepflegt, errungen und gefördert worden in äonenlangem Wirken am verehrenswerten kosmischen Gefüge. Ich sehe alle strahlend vor Mir hergehn, die sich selbst in Mir gefunden und bewährt, mit Mir verglichen und in

Einigkeit befunden haben. Das ist nun die Höhe eines Ziels von götterlichtem, überragenden Bedeuten, das Ich Mir gesetzt und das Ich fürstlich eingehalten habe. Auch du bist inbegriffen in dem hocherhabenen, gottseligen Gehaben und wirst fortan von Mir belohnt für deine treu besorgten, liebevollen und gerechten Taten.

## 1.21

Murrst du nicht so hab Ich gegen dich auch nichts zu murren. Kein Draht wird heiss ob unseren Gesprächen und kein Kaffee kalt, weil er nicht mehr bewegt wird vom Gewissen jener weiter oben. Es fliegen die Gedanken durch den Äther hin und wider und bewegen sich von Raum zu Raum im Unergründlichen. So sind die Sterne und Planeten unter sich aufs Innigste verbunden und unterhalten sich in Wohlgemutheit, Weisheit und geschwisterlichem Frieden.

Hier kommt es keinem in den Sinn wider etwas oder jemanden zu löken. Sauber sind die Wege, weil kein Unrat sie besudelt, derweil die Reinheit der Gedanken sie poliert, bis sie in Lichtheit glänzen. Es ist ein Zauberhaftes so zu sein und Mich und alle Welt in Minne zu erleben. Das Wahrhaftige und Kluge, Konzentrierte und Bewusste dominiert und gewährt dem graziösen Seinsverkehr den freien Lauf, der seinem Ansehn auch gebührt, im Wunderland der Himmelssterne.

Ich finde unverzüglich was Ich suche, weil bei Mir die Zeit nicht existiert und weil die Räume aus Gedankenkraft und präzisierter Vorstellung bestehn. Das Niederere wird zum Höheren erhoben, wenn es statt im Trüben im Lichtvollen fischt, das Ich unentwegt um Mich verbreite. Ich Bin gesellig und bedarf der himmlischen Geselligkeit, um Mich bei guter Laune auf dem Laufenden zu halten. Wer Geschmack hat, macht es ebenso und wer Trübsal blasen will, soll sich zurückziehn, wo er kann, in seine polternde Gedanken-kiste universenweit gesehn.

Was hilft es dir zu schmollen, wo du doch Erhabenes und Ausgezeichnetes kreieren könntest im Bewusstsein deiner Dignität und deines unerschütterlichen Könnens als genialer Kreateur von Gottes gloriosen Gnaden. Du bist wie nichts dem Neuen aufgeschlossen und lässt das Schalgewordne lächelnd hinter dir. „En avant", springt von deinen Lippen und „en avant" tönt das Echo von Myriaden vifen Geistern, die dich wesentlich und treu besorgt umschweben. Keine Hürde ist zu hoch, um sie in elegantem Sprung zu überwinden und kein grünender Gedankenberg zu mühsam, um ihn nicht in freudigem Erwarten zu erobern, heiteren Gemüts im Lichte der besonnenen Allherrlichkeiten.

# 2

# Die Essenz des Universenlebens

## 2.1

Ich Bin. Und Ich weiss was Ich kann. Ich lasse Mich von keiner Macht bedrängen, derweil Ich alle Mächte selber Bin. Jedem Aufruhr komme Ich zuvor, indem Ich Mich in Quarantäne setze, wo das Tapfere Gestilltsein dominiert und wo die Redlichkeit Triumphe feiert im allmächtigen Begehren.

Waffen hab Ich keine zu verkaufen, dafür lass Ich Wohlgesinntheit und Erbarmen spriessen, wo immer Ich an einem Leid vorübergeh. Wer Mich kennt hat Ursach, sich genau im selben Masse bei sich selbst zu fühlen. Achtung kommt der Ächtung stets zuvor, indem sie der Devise folgt: Ich Bin Mir selbst die unbeschreibliche Essenz des Universenlebens, der sich alle von Mir ausgegangenen Gewalten fugenlos zu beugen haben.

Was sagst du dazu, wenn Ich dir empfehle, dem Geschaffenen an sich aus wohlbegründeter Manier loyal und liebevoll, verbindlich und gelassen zu begegnen? Es soll der Wind der Anmut durch dein Schreiten fahren und die Zierde deines Hauses soll der Friede sein, so wie er auch in Meinem jeden Schritt begleitet den Ich hochbegabt und würdig in ihm unternehme.

Wovon Ich dich in Kenntnis setze ist das Alphabet der Seelensicherheit, mit der Ich ständig operiere. Sie nimmt Mein Repertoire von seinsgehörigen Taten voll Anspruch von Epoche zu Epoche, die Ich gekonnt und wohlgefällig inszeniere. Das Brache brech Ich auf und säe myriaden-weit was reiche Frucht bringt in den Geistessphären. Auch deine Saat geht auf in Mir, weil sie Mein Erbe ist in deiner Einsicht allem zu, was wirklich *ist* in der verehrenswerten Seinskommune. Kein Morgen wird dir dämmern, weil dich Meines Lichtes immerwährende Behutsamkeit umgibt, in die du dich gestürzt hast in unendlichem Vertrauen. Was kann dir besseres geschehn, als dein Aufenthalt in Meiner Hemisphäre wunderbarer Gründlichkeit im seinsharmonischen Geflüster, das Ich durch den Kosmos, Meinem Sinn gemäss, verbreite. Es ist zu deinem Wohl wie zur Vollendung der von Mir ins All gesetzten Myriaden.

## 2.2

Klare Linien lass Ich eher gelten als gekrümmte, denn sie führen ungesäumt zum Ziel. Drückeberger schlängeln sich gewandt durchs Völkchen und vermeiden so, dass man sie zur Rede stellt, ob ihrem ungebührlichen Agieren. Willst du einer von den ihren sein? Schlampen ist nicht schwer, doch brauche Ich Gewiefte, die ihr Handwerk zielbewusst und makellos betreiben.

Deine Art zu wirken lässt dich, wenn sie so ist, mit Mir durch die Zeiten zirkulieren. Ich begreife dich in deinem Handeln und unterstütze dich mit Meinem Weisesein nach Noten. Hast du Rechenschaft von dir zu geben, glänzen deine Augen und du wirst von jenen reich belohnt, die dich ihrem Werk gemäss als dessen Träger und Vollender eingesetzt und hochgezogen haben. Bist du in *Meinen* Augen gross, so kannst du sicher sein den rechten Pfad mit löblicher Gewissenhaftigkeit und Schnellkraft zu verfolgen. Ich bediene dich mit wunderbaren Argumenten, die dein überragendes Geschick unwiderlegbar und dezent bezeugen. Du kommst behänd voran, wo andere noch tief im Zweifelhaften stecken bleiben.

Recht viel von den was Ich Mir Bin, ist mit deines Daseins Werden und Ergiebigkeit, Grazie und Anmut zu vergleichen. Es kommt dir sehr zustatten, dass du dich Meiner Aufsicht und Belehrung unterzogen hast aus freien Stücken, ohne dass Ich mit dem Zaunpfahl winken musste. Du hast dich konziliant, anpassungsfähig und kollegial verhalten allen gegenüber, die mit dir zu werken, kooperieren und zu manövrieren hatten. Belohnen will Ich dich dafür mit mehr Bewusstheit von dir selbst, sowie mit einem Lächeln über alle Widerwärtigkeiten, die du überwunden hast und die dir künftig noch begegnen werden. Deine Seinsbewunderer sind Legion und deine Meisterzüge werden mit beschwingten Worten und Verzierungen in die Annalen Meiner Geistesgegenwart geschrieben. Du Bist Mein eingebürgerter, gewissenhafter und allseits beachteter Kumpan und Kompagnon geworden, dem man auf der Stelle ansieht, welchen Rang er sich erworben hat in Meinen gütevollen Augen. Unaussprechliche Beglückung darfst du nun von Mir erfahren und darfst in der von Mir beherrschten und begünstigten Unendlichkeit als ein Hero Meiner Gunst und Güte, wie auch Meines integralen Friedens sicher und beseligt ruhn.

## 2.3

Ich seh das All und damit das Elysium in Meinen Schössen. Das hinter Mir Gelassene ist zugleich was Mich vorwärts drängt in gnadenlosen Stössen. Womit Ich Mich belehre ist Sachlichkeit und überirdische Vernunft zugleich, und kennt es keine Grenzen Bin Ich es der sie auflöst gottergeben. Sei und singe ist die wohlgestaltete Parole, die dir nützlich ist in knappen Zeiten, die den Glauben anfacht und Verbindungen erschafft zu hoch erhabenen Gewalten.

Es gibt die Tat und gibt das wankelmütige Erleiden. Ich Bin dein Rat und dein Vergeben, der siebte Himmel und das goldne Leiterchen dazu. Du brauchst nur tüchtig anzupacken und mit Überzeugung Meinen Weg zu gehn, dann ist alles Trefflichkeit in deinem Leben. Jede deiner Handlungen wird in geheimnisvollen Hintergründen haargenau von Mir bereichert und diktiert und auf diese Weise darfst du sicheres Geleit von Mir erfahren.

Unsre Wege haben sich gekreuzt und seitdem wallen wir zusammen über irdische Gefährlichkeiten wie auch durch den Geistesgarten himmlischer Gefälligkeit an deinem Schicksal und Gehaben.

Wo immer du dich auch verkriechst und wieder findest, Ich Bin die unvergleichlich wirkungsvolle Klarsicht und Vernunft in deinem dämmerhaften An-dir-Wüten. Ich seh voraus was dir geschieht, derweil dein Schauen ständig hintennachhinkt im persönlichen Erleben. Hast du Mich erwählt, verschwinden deine Zweifel an dir selbst und du bist frei und völlig unbeschwert für meisterliche Taten. Was willst du mehr als dich an Meiner langen Leine durch das Sein bewegen. Du hast die Freiheit, dich zu suchen oder Mich. Da dürfte der Entscheid gewiss auf Meine Seite fallen. Wer verzichtet schon auf einen Freund, der ihm in Fülle alles zuteilt, wessen er bedarf und wer besorgt sich um sein Schicksal, wenn er es in gute Hände legen kann, die es in Jahr und Tag mit überirdischer Geduld und Weisheit zur Vollendung führen. Du weisst es und Ich träufle dir die frohe Botschaft ständig ins Gehör in Freundesliebe und in bedingungslosem Seelentrost.

## 2.4

Ein Kanu setzt am stillen Ufer an. Seine Fracht ist eine Menschenseele die Geborgenheit ersehnt im Wesen der geheiligten Natur, wie in der Unbekümmertheit und Grazie ihrer Triebe. Ihr Ausstieg ist zugleich der Aufstieg auf befestigte Gefilde, die ihrem Dasein angemessen und verpflichtet sind seit Ewigkeiten. Frägst du nach dem, was sie sich *ist*, in ihrem Seinsbedeuten, so sage Ich: ein Geisteswesen einem Menschenkörper innewohnend. Ihr Fleischgewordenes legt sie zuzeiten ab, ihrer Geistesfülle ist jedoch Urewigkeit beschieden.

Kannst du ermessen, was es heisst Unendliches in dir zu tragen. *Ein* heller Schritt genügt, um dich von der Wahrhaftigkeit und liebevollem Eigenart, vom Timbre wie von der Bewusstheit deiner selbst im Ergründlichen zu überzeugen. Es ist der Schritt zu Mir in der beseligenden Überzeugung, dass du ein und alles Bist in Mir in gottgewollter Ehre, wie in der Verherrlichung der Geisteszüge, die Ich in dich gesetzt und in dir ausgetragen habe.

Dein Lebenswandel ist vollends auf Mich bezogen. Dein Schreiten ist das Meine in der wohlbegründeten Manier, in die Ich dich galant mit einbezogen habe. Du schlägst nichts in den Wind, was Ich deinem Sinn zu tun und zu befolgen auferlegte. Du trittst in voller Freiheit deine Stelle bei Mir an und lässest dich von Mir nach Strich und Faden, Folgerichtigkeit und Artigkeit verwöhnen. Deine Kreise sind in Meine gütigst eingeschrieben und dein Wohl und Wehe zieht sich in dem Meinen längelang und ellenbreit dahin.

Du schreibst Gedanken auf und versiehst sie mit den Daten so und so. Doch in Meinem Kontext kann das wenig nützen, weil das Zeitliche im Ewigen ver-schwindet so, als wär es nie gewesen. Gegenwart ist alles im gottseligen Ich Bin in das auch deine Gegenwart mit eingeschlossen. Meine Züge lächeln sich dir an und lassen dich den Glanz des Himmels, wie das Wunderwerk Elysiens zutiefst erfühlen. Du Bist und kannst es nimmer leugnen. Ich Bin und kleide dich in Universenweiten, die mit Glückseligkeit begabt sind, Kantilenen und erhabnen Lobgesängen allem Sein zu höchsten Ehren.

## 2.5

Klaviatur der göttlichen Holdseligkeit auf der Ich selbstverloren klimpere in wohlbemessnen Raten.

Wähnst du dich wach, Ich Bin es noch viel massgeschneiderter in überaus gefälliger Manier, vom Geisteslichte angeblasen. Notabene taugt dein Bestes Jauchzerchen nicht viel vor dem was Ich mit Urwucht in die Welt posaune von Verliebtheit und Versunkenheit in sie. Hat dir schon einer einst so recht den Marsch geblasen? Das kann nicht sein, ohne dass du deine Seinserlebnisse gewissenhaft verglichen und geprüft hast bis ins letzte Detail mit den Meinen. Gefährdet warst du nie so deutlich, wie es Mir geschah, in der verletzlichen Verstiegenheit von Meinen geistigen Allüren. Nur Spinner, geistgeborene Kinder und Ins-All-Geworfene sind dazu fähig, wahrhaft grosse Dinge weiszuagen und mit dem Siegel der beglückenden Allherrlichkeit und Güte zu versehn.

Wohin du immer schwimmst in deinem Eifer, kompetent, manierlich und loyal zu sein, Ich überhole dich, selbst wenn Ich mit bedauernswertem Linksschlag operiere.

Das Manifest der Zeit hört, Meiner Gegenwart gewärtig, auf zu schlagen. Straffrei Bin Ich, währenddem du mit dem Firlefanz, den du betreibst, dich selber züchtigst und verknurrst nach Noten.

Die Konsequenzen für dein Tun hast du im eignen Ränzel mitzutragen, derweil Mir dafür hunderttausend Diener wohlgesinnt zur Seite stehn. Das macht, dass du dich deiner Runden nur mit Mühe profilierst, derweil die Meinen wie auf glattgefahrnen Schienen seinsbrillant verlaufen. Das Öde spricht dich nimmer an, weil Ich es als Gefahr für dich erkannt und ausgerottet habe. Verfügst du über zahlungskräftige Devisen gibt sie heraus, damit Ich dir mit ihrem funkelnden Geklimper frohgemut den Weg bereite zur Erhabenheit der Sterne, deren Gold das Götterreich markiert und auch für dich den Anschluss bildet an das Ewige in Mir. Hast du bei

Mir gelernt zu punkten, stimmt dein Eifer mit dem Meinen ständig überein und deine Dinge laufen wie geschmiert der Seinsbewusstheit, dem verehrenswerten Sinn und der Vergöttlichung entgegen.

## 2.6

Maskulines für Mein Sein zu brauchen widerstrebt der Ansicht, die Ich über Meine Daseinsqualität gewonnen habe. Geschlechtslos ist das Sein, es muss sich nicht vermehren noch vermindern, weil es *ist* so wie es eben existieren will in allen Daseinsregionen. Ich Bin darfst du getreulich zu dir sagen, genauso wie der Herr der Welten das in sich verspürt. Ich Bin Es an dieser Stelle des Erscheinens sei dein erstes wahres Wort, von dem du nimmer weichen musst für Ewigkeiten. Mein Adel offenbart sich im immensen Sternenhof, den Ich um Mich gebreitet habe. In ihm Bin Ich Mich selbst in kosmischer Gelassenheit und Würde, im Bewusstsein Meiner Geisteskraft und Meines liebevollen Tatendrangs in allen Lebensdisziplinen. Mir mangelt nichts und wessen Ich bedarf, kann Ich in Fülle aus Mir selber holen. Majestätisch walle Ich Mich stets voran und erwoge Mir Glückseligkeit an allen Ufern Meines exzellenten Kulminierens. Das Erhabene hat alle Ursach sich in Mir zu regen, derweil es über jede Unbill sich erhebt, die mir entgegentritt in Meinem überragenden Mich-auf-Mein-Sein-Berufen.

Was, wie Ich, gestillt ist, braucht nicht mehr. Was Absolutheit, Sternenklarheit, Lobgesang an sich und Einigkeit in sich erreicht hat, ruht weise, schöpferträchtig und gedankenvoll in seiner selbstgeschaffnen Schöne. Ich Bin Mein eigenes Brillieren, sowie das in den Himmelsdom gestreute, an dem sich männiglich entzückt und das zu sein Ich Mich gelassen rühmen kann in Meinem kosmisch dargestellten Wohlbefinden. Wer, wie Ich, die Sternenräume prägt, gewinnt den Mut, sich selber zu bewundern und verehrt in allem, was da *ist,* sein Ein und Alles in der hellen Liturgie der Sphären. Grenzenlose Weiten darf Mein Überschwang erreichen, derweil Ich Meine Seinsgestimmtheit wallen sehe über alles hin, was *ist* und was sich selbst verzehrt im Sinne neues, überragenderes zu gebären. Die Güte Bin Ich an Mir selbst sowie an Meinem Ewige-Glückseligkeit-Gebären.

## 2.7

Ich habe Mich nur an Mich selbst zu halten in der Tournüre Meiner Weisheit und Beflissenheit der Seinsgewalten, die Mir jederzeit zu Diensten stehn. Will das einer anders sehn, so schüttle Ich das ewig jugendliche Haupt in unergründlich aufgemachtem Überlegen. Meine Stille ist die Seinsgestimmtheit in der Wesensruh, die Ich bewusst und bodenständig pflege. Was Mein Sein betrifft, lässt sich nur Geistgewirktes von ihm sagen. Es türmen sich die Hierarchien gottesebenbildlicher Gewalten himmelan, bis sie schlussendlich Meinen Saum erreichen in der Universenlichtheit Meiner Sphären. Kommt es zum Kontakt mit Mir, sind Begeisterung und Liebesminne, herzinniger Lebenstrost und vitale Freuden angesagt zu Gunsten derer, die Mich inniglich begriffen haben.

Es wallt die Zeit in langgedehnten Wogeneien immerzu an Mir vorüber. Was Ich Mir dabei erdenke wird zur Seinsgeschichte von immenser Prägung und ereignisvoller Wirklichkeit in Mir, sowie in jedem Seinspartikel, das da *ist*, im kosmischen Gefüge.

Trällerst du ein Lied auf deinen Wegen, kommen wir uns nah, weil Unbeschwertheit herrscht und himmel-stürmendes Sich-selbst-Begreifen. Nicht rette sich wer kann ist hier am Wirken, sondern ruhiges Gewahren des unendlich kosmischen Geschehns.. Im Angesicht des

Grandiosen wird die Menschenseele weit und gläubig, licht und wunderschön. Sie beginnt in Meine Kreise sich zu heben und schreitet unbeirrt voran in der Erkenntnis waren Seins und Lebens, die schon immer ihre Gründe zierten.

Bist du davon überzeugt Mir zu gehören, huscht das Lächeln reinen Glückes über deine Züge. Du siehst dich an von Meiner Kraft durchzogen und, was du einst begonnen, ist vollendet mit dem Freudenruf: Ich Bin und habe damit alles, was da *ist*, gewonnen sowohl als Relikt aus alter Zeit, sowie als Kleinod der allgegenwärtigen Beschaulichkeit. In dieser finde Ich Mein Herzenswohl wie Meine Lebensliebe, Gutmütigkeit und Tugend der Gerechten, wie auch die strahlende Erfüllung Meines universellenweiten Seinsidols.

## 2.8

Des Himmels Heiterkeit darf Ich erleben im Drängeln um den süssen Pol für das beseelte Universenleben. Ich sehe Mich zur Mitte schwingen im Wesen, das Ich Mir geworden Bin und das versteht, sich mit sich selber zu verbinden, dem Ein und Alles zugetan. Was Mich bewegt, muss alle Welt bewegen in der Ich unerschöpflich tätig Bin und die verkündet Mein gewissenhaftes Streben nach vollendeter Ergiebigkeit in Meinem Tauschen.

Holdseliges Geflüster hör Ich durch Mich brausen, begeisterndes Bejahen dessen, was Ich Bin in allen unermesslich ausgebreiteten Perfektionen. Mein Ratschlag ist der liebevolle Hinweis auf das Ungründliche das in Mir west und dem Ich huldige von A bis Z. Es ist, so wahr Ich Bin, des Himmels Bogen, Brücke, Tor und Sinn. Was Ich Mir leiste ist von herrlicher Geschäftigkeit geprägt, die niemals innehält in ihrem Wuchten. Wohl wissend, was Ich will, bereite Ich

Mir selbst die Myriaden grandios gefächerten, verheissungsvollen Gaben. Was Ich an Mir verehre ist die Weisheit Meiner hell bewussten Dispositionen, sowie die meisterlich erwählten Träger Meines Handelns im Allhier. Das Nützliche will Ich auf immer in sich selbst bestehen lassen; was nichts taugt, verwerfe Ich en passant dorthin wo es sich im Nichts verliert auf Nimmerwiedersehn.

Ich Bin der Hüter Meiner vielgeliebten Ahnen und verwende Meine Zeit darauf, sie zu veredeln und belehren in Sachen Lebenstüchtigkeit im Jetzt wie in den künftigen Ägiden. Sie brauchen nur die Wege zu beschreiten, die Ich als erhebend und geziemend für sie finde. Damit schaffen sie sich Wohlgesinntheit und Erbarmen an dem Schicksal, das Ich ihnen auferlege und das sie bis ins Grandiose wachsen lässt in ihrem Sein und ihren sinngemässen Taten. Mein Spruch ist weise wissend auch für Sie und führt ihr Wesen zur Glückseligkeit Elysiens in wohlgemessnen Schritten und Begünstigungen vor Mir her, ihre Seinsgwissheit wundertätig zu vermehren.

## 2.9

Netze deine Lippen und trag wohlgelaunt das Sprüchlein vor: Ich Bin des Weltenseins allwirkende sich selbst bewusste hocherhabene Gebärde der Allherrlichkeit als geisterfülltes Wesen. Rein und kraftvoll, zart und unbestechlich, liebevoll und ewig heiter versehe Ich den Dienst an Meiner eignen Schöne und Gelassenheit im Unermesslichen. Mein Reich ist in die Sternwelt ausgegossen, Mein Sinnspruch lautet: immer jetzt und hier ist Meiner Allpräsenz Revier. In Mir wie dir genau dieselbe Regsamkeit und Strahlendichte, Turbulenz und eternelle Ruhe im Sich-selbst-Gewahren. Mein Betrieb ist der der hoheitsvoll ins All gezognen Sternenbahnen, Meine Absicht die unendliche Verbreitung der Glückseligkeit, die Mich durchwebt, belebt und anfacht zu begeisternden und eklatanten Demonstrationen.

Ich Bin der geisterfüllte Nimbus Meiner selbst, darfst du beglückt und unverhohlen von dir sagen. Mein Ursprung ist der Ursprung aller Dinge im Allhier und Meine Tugend, die der allerfüllenden und allbeseligenden Selbstgefälligkeit, in die Ich Mich gegossen. Kannst du dir selbst gefallen, Bist du wahrhaft schön und kannst dich ungeniert als Ausbund der Gerechtigkeit und Lebensliebe, Tapferkeit und genialen Einfachheit bezeichnen. Bedenke du: von Mir geht alles aus und strömt zu Mir zurück, was Ich lebendigen Denkens ins bewusste Sein gesetzt und zur Vollendung aufgepäppelt habe. Ich trage unerschütterliche Sorge zu den Meinen, die sich über alles, was da *ist*, erstreckt und alles in ein Meer von Güte taucht im unermessnen Seinserwallen. Ich belebe, was du Bist, auf dem das alldurchkreisenden Planeten und bedeute dir, dass du nicht sein kannst, ohne dass Ich in dir Bin. Du lebst und liebst durch Mich, derweil Ich durch dich lebe. Das ist die Weisheit der Äonen die Ich dir vermittle für dein Ansehn vor dir selber, für den Seinsrespekt wie für dein delikates Seelenwohl.

## 2.10

In getürmten Gewittern, Gebeten und Sterngeschwadern Bin Ich der Herr der Heimat die Ich vehement vertrete. Pink Bin Ich besonders zugetan mit manchem Tupfer, den Ich behutsam in der Wolkengalerie verteile. Was das Schwebende betrifft, Bin Ich ein Meister des Tarierens zwischen locker und  beschwert mit Güssen die den Wiesengrund besprengen sollen. „Alles Gute kommt von oben", ist dem bäurischen Geschlecht gewiss, das sich nicht in Schulden treiben lässt vor Dem der wirkt und waltet in den silberblauen Höhn. Ich Bin bestrebt, es gut zu meinen mit dem Hirtenvolk, das sich die grünen Auen zum belebten Bleiben auserwählt. Meine Sonne zieht und trocknet, was die Leute ausgesät und abgeschnitten haben und versieht das Land behutsam und gewandt mit wohlgemutem Dösen.

Die Reihe ist an dir, dich für das Urbane oder für das Städtische mit Herzblut zu entscheiden. Dein Charakter ändert sich mit dem was du begreifst in der sonderbaren Raumluft deiner Lebenstage. Manches schwillt dir bis zum Hals hinan, was *Ich* dir zum Bewirten auserwählt, um dich aufs Intimste zu belehren in der Götterschule, die du unterschwellig und gedeihlich, lichterloh und wesensgleich mit Mir besuchst. Einmal wirst du unvermittelt und galant von Mir erfahren, wozu alles gut ist, was du zu behändigen und auszukosten hast in deiner Zeit des wachsenden Gewinns an Weisheit und Beherrschung deiner nonchalanten Kapriolen. Sachte überstreicht der Hauch dich Meiner Züge und erwärmt dein Sinnen unfehlbar für das Unendliche wofür Ich überzeugt, willfährig und gediegen Pate steh. Günstig ist die Sternenkonstellation für deinen Aufstieg in das Lichte, wunderbar Beseligende, das Ich schon äonenlang für dich verwalte und akkurat für dich in der bewundernswerten Schwebe halte zwischen hoch und niedrig, verängstigt und erhaben. Das Treffliche ist auch für dich bestimmt im Sein der Himmelssphären wie in der Gelassenheit Elysiens von Meinem Korn und Schroten.

## 2.11

Bezahlen musst du bei Mir nur, was du persönlich konsumiert hast und das erst noch zu beseligenden Preisen. Ich halte Meine Wirtschaft für all jene offen, die vom Leben was verstehn und die sich nicht zu gut sind kräftig anzupacken, wo immer Not am Mann ist, oder wo sich Meine Pläne mit den deinen wesenhaft in Übereinkunft finden. Ich stilisiere alles, was du Bist und tust zu einer Angelegenheit von Weltformat zusammen, das sich schlussends als ein lebendig dargestelltes Tableau von unendlicher Beschaulichkeit und Wesensschönheit präsentiert.

In Bezug auf Mich und Meine universenweiten Hintergründe brauchst du dir keine Sorgen aufzuladen, denn Meine Argumente und Empfindungen, Bedürfnisse und Spekulationen sind bis ins letzte Detail wohlgestaltet und intakt, so wie es anders nicht zu denken ist in Meinem majestätischen und eleganten Mich-Verkreisen.

Du gelangst im göttlichen Verzeichnis aller Weltentaten in die höheren Ränge alsogleich wie Mir von dir zu Ohren kommt, dass du dich anstrengst deine Herkunft wie dein höchstes Ziel gehörig, resolut und unbeirrt nach ihrem Sinn und ihrer Solidarität mit allem was da *ist*, zu hinterfragen. Das führt dich dann zur Überzeugung, dass du wesenhaft mit Mir verwandt bist, bis in alle Details deines Dich-ins-All-Erheben. Nur in diesem Sinnkreis bist du wahrhaft grandios und darfst dich rühmen, eines Gottes glamouröses Abbild und Relikt zu sein, bis in die allerfeinsten Zieselierungen und Staffagen. Erkennst und nimmst du dieses als dein überragend aufgeklärtes und gelungnes Schicksal an, gewähre Ich dir Absolution von deinem langgedehnten Fehlverhalten und erhebe dich an Meine grüne Seite ins Apostolat der adeligen Geister, die dem Weltgefühl und -gang in Wahrheit und Gediegenheit was ganz Besonderes zu bieten haben. Sie erschaffen Wohlgehalt und Güte, Klarheit und Gerechtigkeit in Geistesminne wesenhaft, solvent und hochbegabt in Mir.

## 2.12

Die Exegese Meiner überragenden Beschaulichkeit wird dir in wunderbar geformten und verschnörkelten Syllabeln von Mir vorgetragen. Was Ich vor dich lege entpuppt sich als die Einsicht in das Wesen höherer

Dimensionen, deren Schwung und Schwingung allesamt im Reich des Geistigen liegen. Siehst du das Festgefügte noch so tüchtig und gewissenhaft von aussen an, kannst du damit der eigentlichen Lebensqualität nicht auf die Spur, sowie auf ihre Schliche kommen. Ihres Wesens Manifest ist ungesichtiger Natur, so logisch und gewissenhaft belegt, dass daran nicht zu rütteln ist in noch so vielen blitzgescheiten Definitionen.

Demnach sing Ich dir das Lied vom Sein an sich in hoch erhabnen Wirklichkeiten, die auch dich betreffen und dir mählich und beglückend, unwiderstehlich und gekonnt plausibel werden sollen. Das ist dann die Stunde der gediegenen Wahrhaftigkeit in die Ich dich, bewusst und sonderlich gelassen, führe. Dabei geht es nicht um dich persönlich, sondern um das ganze, hochkomplexe Weltsystem in welches alle Wesen eingefügt und eingebettet sind in sagenhaft geschickt beseeligenden Massen.

Zu guter Letzt muss es auch dir gelingen dem Gesetz der Einheit aller Dinge auf die Spur zu kommen. Von zuoberst bis zuunterst ziehen sich die Fäden von derselben höchst subtilen Seinsstruktur, die von Mir ausgeht und bei dir und deinem Ansehn endet in bewundernswerter Harmonie. So Bin Ich denn der Schaffende, wie das Geschöpf, in einem grandios gesetzten Bogen, der die schwirrenden Äonen überspannt in Seinsgeselligkeit und wahrhaft göttlicher Bravour. Nichts ist mehr zu missen in dieser Seinsphilosophie von ausgefeilten und genial gesetzten Graden. Du sollst von dieser Einsicht allertiefst betroffen sein und zugleich wie von einer Rätselhaftigkeit befreit, die dich beschäftigt und bedrückt hat, allezeit im Leben.

Wie auf einer grünen Wiese habe Ich das All der Dinge vor dir ausgebreitet. Du brauchst sie nur voll Eifer zu ergreifen und genauso zu veredeln, damit sie dir zum Heil gereichen und zum Aufstieg in die letzten Bastionen reinen Seins im Unergründlichen.

## 2.13

Wie die wirbelnden Gedanken, die dich täglich durcheinanderbringen, oder kräftigend für das, was du vollbringen willst in deinen schöpferischen Tagen, treibe Ich`s in Meiner Götterherrschaft über Myriaden Sternenwelten. Selbst die kleinsten, feinsten Rädchen in dem ungeheueren Getriebe sind mit dem einen, Meinem unerschütterlich verbunden, das alles antreibt in der Morgenröte des allweltlichen Gedeihens. In dieser Hinsicht kann Mir keiner kneifen, wenn er noch sehr sein Eigenes vertreten will in eigensinnigem Wohlbehagen. Es bleibt doch immer Meins, ob es nun standhaft Mich vertritt, oder ob es fehlläuft in eigenbrötlerischem Wohlbehagen.

Es mag kommen, wie es immer will, Mein Einfluss ist geprägt von reiner Vatergüte wie von einer wohl-bestallten Kunst des genialen Schaffens an Mir selbst, von dem die Wunderwerke der Natur beredtes Zeugnis geben. Nur das Menschliche ist fähig, abzuirren von dem Weg, den Ich ihm mit auf seine Reise durch die Ewigkeit gegeben. Das bringt Mich in Verlegenheit, weil überall der freie Wille herrschen muss und weil schlussendlich doch der Meine, alles überragende, zum Zuge kommt in der erwartungsvollen Universenwogenei. Indes geschieht in jedem Fall das Richtige gemäss den unverbrüchlichen Gesetzen, die in ihrer Wirksamkeit das unermessliche Geschehen zu Vollendung treiben. Aus dieser Perspektive muss das Gute siegen und dem Schlimmen wird schlussendlich der Erfolg vereitelt in dem Schiffbruch, dem es unweigerlich entgegenstrebt.

Dein Verhältnis Meinem zu sei, wie Ich's wünsche, makellos und gläubig, liebevoll, manierlich und gekonnt, damit du unverzagt und unverzögert Einzug halten kannst in Meinen Gärten göttlicher Vernunft wie götterlichten Strebens. Du gehst als von Mir reich Beschenkter und Gesegneter getrost einher von Stuf zu Stufe grösserer Gewandtheit und Regie im Pläne- schmieden schöpferischer Art und Weise, welche Meinem Sinn und Sinngehalt entsprechen und zu Lauterkeit, einhelligem Entzücken, virulentem Wohl- gehalt wie ewiger Heiterkeit und Lebenswonne führen.

## 2.14

Zu jeder Zeit hab Ich dich liebevoll mit Meinem Sein umfangen. Und schienen dir die Lebenswinde noch so rauh, unwirtlich, krass und unbequem, Ich hütete dein Wesens seinssubtile Wissenschaft getreu und innig als ein Preziosum erster Güte und Gewähr mit allbereiten Armen. Wie lieblich schmiegt ein schnurrend Kätzchen sich an deine Beine, wenn es ein köstliches Geschenk von dir erhofft. So sei's von dir zu Mir in dem Verhältnis, das wir miteinander durch das Leben tragen.

Das Unverhoffte tritt oft ein, weil du es einmal doch in überschwänglichem Erwarten kultiviert hast in der Seele. Du bist auf einmal rein und reich im Geistessinne und bedankst dich tausendmal bei Mir für die erlesnen Meisterstücke die Ich dir gewährte. Nicht einfach ist es für dich, das zu unterscheiden, was zwischen uns im Herren- wie im Dienerdienst geschieht. Da herrscht unendliches Gehorchen aus der Erkenntnis, dass es weise für dich ist, den Weltgesetzen Achtung und Erfüllung zu gewähren. Derweilen darfst du dich begeistert im Bewusstsein wiegen, dass schlussendlich alles, was geschieht, als Meines Wesens Ausbund und Genie, Salut und Liebenswürdigkeit in universenweiter Geistigkeit und Einheit zu betrachten ist. Das ist zur selben Zeit ein

Zittern und Erbeben in der menschlichen Mixtur und doch im selben Treff ein würdevolles Auferstehen in die Gottesebenbildlichkeit, in der die Weisen und Erleuchteten zu allen Zeiten und Gelegenheiten Lobesames und Beglückendes gefunden haben.

In diesem Sinne ist die Welt in bester Ordnung, weil sie unerschütterlich das Menschengöttliche und Irdisch-Geistige in sich enthält und von Mir bewusst gepflegt und hochgehalten wird in seinsnatürlicher Geschliffenheit und universenweiten Dispositionen. Du brauchst dich nur in Meine Situation hinein zu denken und dich gehörig in ihr breit zu machen, bis sie dir durchaus gefällig ist in ihrem gottgesegneten und seinsgerechten Rahmen. Das ist dann die Vollendung deines wirklichen Bestehns in heller Geistesschau wie in der glückseligmachenden Bewusstheit und Begeisterung darin.

## 2.15

Im Willen frei in der Liebe liebevoll an Mich gebunden
Bist du als ein unverzichtbar schöpferisches Glied in
Meinen sinngeladenen Plantagen. Ich lasse dich darin das
Sein erfahren in individuellen Grösseklassen, die dich
Stufe um Stufe prägen, heilsam, hundertfältig, glanzvoll
genial.

Meinem Reichtum angemessen soll beizeiten auch der deine sein durch eigenständiges Bemühen wie durch die Ströme reiner Güte, die von Mir zu deinem Welt-verständnis fliessen. Dabei gilt es die Gesetze zu beachten, die per se dem Weltgeschehen Regel-mässigkeit, Verbindlichkeit, beachtlichen Erfolg und überragende Manierlichkeit verleihen. Du Bist, um für das Ganze tätig, solidarisch und bewusst zu sein, sowie, im Rahmen Meiner Akribie, namenlose Vielfalt und Vollendung in dem Einen, das Ich Bin, voll Verve und Sinnkraft zu erreichen. Du Bist ein goldgeprägtes Glied in einer ellenlangen Kette von genialen Wünschbarkeiten Meinerseits, die nur in der Gemeinschaft mit den vielen Tüchtigen und Wissenden erreicht und richtig eingeordnet werden können.

Längst Bestehendes wird ungeniert und radikalisierend von Mir aufgehoben, um neuem freie Bahn und abenteuerliche Fertigkeit, Fragilität und Sagenhaftigkeit zu impulsieren. Im Universenweiten Mich-an-das-Lebendige-Vergeben lasse Ich den Weltgeist, der Ich Bin, begeistert spielen. Niemand soll von dem was ihm gebührt zu viel belastet und damit überfordert sein, denn ihm strömen dauernd Riesenkräfte zu aus der Unendlichkeit der Göttersphären. Aus ihnen ist sein Sein genährt und hochgehalten, aus ihrer Mitte strömt das Wesen der Allherrlichkeit auch in dein Reich, um dich aus dem Urquell der Vernunft und göttlichen Gediegenheit zu nähren. Du Bist und wirst ein Wesen der elysischen Gefälligkeit am Sein und Leben, ohne jeden Zweifel unerschütterlich mit Mir und Meiner Herrlichkeit verbunden.

## 2.16

Wozu denn träumen, wenn die Wirklichkeit, die Ich dir biete, so berückend schön ist und bis ins Elysische gediegen. In Mir brauchst du kein Veto gegen irgend-etwas einzulegen, was Ich dir verheisse, um die Zukunft recht gefällig und erspriesslich zu gestalten. Du gewinnst von Mal zu Mal, selbst in den kühnsten Unternehmungen die Ich dir anberaume in des Seinsgewissens glorioser Prälatur. Du hast dich nur recht zuversichtlich und gewandt ins Zeug zu legen, um das Mass der Pflichten, das Ich dir so weisheitsvoll und gütig auferlege, prächtig zu erfüllen und ins Sein zu stellen mit unendlicher Gewähr.

Ich trage wahrlich alles dazu bei um dich deiner Redlichkeit gemäss bei guter Laune und auf Trab zu halten, durch die von Mir befruchteten Äonen. Der Bedarf an genialen Sprintern ist bei Mir beträchtlich, denn Ich habe keine Lust mit Saumseligen und Querulanten, Kritisierern und Verhinderern ans Werk zu gehn.

Bei Mir lass alle Zweifel fahren und so schreite vorwärts wie es sich für einen heldenhaften Meister und Minister auch geziemt. Ich streite ja an deiner Seite, wie ein Narr in das verliebt, was Ich durch dich erreichen will im monstruösen Weltgetriebe. Nur das Allerbeste halte Ich für dich bereit und gut genug, um deine Wünsche wie die Meinen restlos und beglückend zu erfüllen. Es ist nun an der Zeit für dich wie Mich auf allen Ebenen des Seins gekonnt zu reüssieren, so wie Ich es Mir erdacht und ausgebildet habe. Das bedeutet: eine Werkgemeinschaft allerhöchster Qualität und Sitte muss sich hier zusammenfinden, um in der Gemeinschaft auserlesner Geister alles zu erreichen, was von Mir geplant und vorgegeben ist im kosmischen Gefüge. Das Universenmetrum muss zu Meinen Gunsten ticken, derweil Ich eine Welt von wunderbarer Sinnkraft, Seinsbewusstheit Überlegenheit und Menschlichkeit erbaue, die Begeisterung und Wonne zeugt, Erhabenheit und eloquente Mustergültigkeit für alle, die ihr seelenvoll und gottgesegnet dienen.

## 2.17

Was immer du beharrlich, konsequent, tiefgläubig und gewissenhaft verfolgst in deinem Leben, unterstütze Ich mit lauterem Gewissen, wie mit Meiner Mächte Riesenzahl. Du magst von Mir erbitten, was du immer willst, Ich werde es dir kunstvoll und gewissenhaft verleihen. Nur rate Ich dir dringend an, aus Liebe, Redlichkeit und Harmonie heraus zu handeln, damit im

Universum wie in deiner Miniaturwelt die Gesetze eingehalten werden, die seit jeher unerschütterlich in sich bestehn. Quäle dich nicht mit unheiligen Gedanken, sondern adle alles, was dir so begegnet, durch den Edelmut wie die Bewusstheit deiner Seele ganz in Mir.

Wofür du immer schwärmst, es soll dasselbe sein wofür Ich Mich verwende. Die Einsicht in Mein Wesen leitet dich dazu im Sinne reiner Offenheit zu werken und damit die Welt zu stärken, die in deinem Umhang und Gewissen liegt.

„Ich Bin der gute Hirt", ist keine Phrase Meinerseits, sondern ein gewissenhaftes Resümee von dem, was Ich tagein tagaus an dir vollbringe in des Lebens liebevollem Gang und Zielen. Gewahrst du, was Ich von dir will, kannst du nimmer fehlgehn in der Summe deiner überwältigenden Dispositionen. Immer spreche Ich dich wie als Mensch so auch als Menschheit an, weil alles was Ich intendiere aus der Fülle aller Kräfte und Gewalten resultieren sollte, die da *sind* und Meinem Namen Ehre und Verherrlichung, Unendlichkeit und blütenreine Weisheit zugestehen sollen. Wendest du dich Meiner Güte zu, wird alles gut in deinem Leben. Überschlägst du deine Rechnung wissend, dass Ich dir dabei die Schulter überschauen, wirst du dir alle Mühe geben keine Fehler zuzulassen und dem Lebenssinn Loyalität und Mustergültigkeit, Beschaulichkeit und melodiöse Zartheit zu verleihen.

So sei es wie *Ich*`s immer will in deinen wie in Meinen unermesslichen Begründungen und Raritäten, stilgerechten Zackeleien und Zerwürfnissen wie dem Duktus auf ein götterwürdiges, glückseligmachendes und heiteres Finale.

## 2.18

Mit der fortgesetzten Formulierung neuer Wünschbarkeiten Bin Ich überaus beschäftigt, ohne je den Faden wie die Sicht auf deren strahlende Verwirklichung und Trefflichkeit, Virtuosität und Fülle zu verlieren. Hast du, was für dich machbar ist, schon vollends ausgelotet? Solange Ich dahintersteh entpuppt sich alles Angezettelte und Aufgegriffen als Schlager erster Güte, der in die Seinsannalen und Erinnerungen eingetragen wird, von Meinem Richtwert, Frühbericht und Stil. Unermüdlich schöpfend Bin Ich nie erschöpft in Sachen Energie, Geläufigkeit und Fantasie, wie überbordender Geschicklichkeit im Austarieren. Meine Werte sind nie ausgetragen und Mein Sinnbild der Gerechtigkeit am Sein und fabelhaften Resümee wird niemals schal. Du kannst beäugen was du immer willst, von Mir geschaffen ist es formschön, lebenspraktisch und enorm grazil. Alles was Ich propagiere, kontrolliere, und verwirkliche ist von der Grazie des Himmels ganz genau dorthin getragen, wo es sein soll in der Wohlgeordnetheit des Universums wie der Traulichkeit der guten Stuben, wo die Menschen sich besonders gern und liebevoll zusammenfinden.

Meine Seinsbegeisterung kennt keine Grenzen, wenn es darum geht, einem neuen unerhört gefälligen Projekt zur Hochgeburt sowie zum glänzenden Erfolg und Nimbus der Gottseligkeit und Willensstärke zu verhelfen. Ich sage niemals A ohne zugleich ein markantes und bewundernswertes B bewusst und siegreich vorzutragen. In Meiner Strategie erfüllt sich alles wie am Schnürchen, was Ich aufgelegt und angestossen habe. An dir ist es, die genialen Meisterdinge bis ins Letzte zu erforschen, die Ich in die Welt gesetzt und lebenstüchtig ausgetragen habe. Mein Verdienst ist es an nichts zu hangen was je hängig war und dem Altgewordenen nicht nachzutrauern, wo doch so viel Überragendes und nie Gesehenes am Horizont erscheint. Alles quillt aus Meiner smarten

Küche, Plausibilität, Kapazität und Liebenswürdigkeit, die den Menschensinn beglücken und die Seele lauter und geschmeidig in die gloriose Zukunft führen.

## 2.19

Selbstbewusst und heiter seh Ich Mich im Spiegel Meiner gloriosen Schöpfertaten innig an und konstatiere wie die Grazie des Himmels alle Meine Werke feingefühlt durchströmt und ihnen Charme und Wohlgestalt, Unvergänglichkeit und Seligkeit verleiht. Was Ich in Mir Bin erfüllt Mich mit Begeisterung am Sein und Leben, Sinngehalt und überbordenden Bestreben schöpferkräftig überragende Redouten zu gestalten und in ihrem fabulösen Sein für immer zu erhalten. Nichts anderes ist Mein Bestreben, als in aller Güte Gutes zu bewirken und dem Nimbus, dem Ich Mir geschaffen habe, hoch erhabene Nuancen und bewundernswerte Zieselierungen hinzuzufügen.

Ich Bin Mir voll bewusst, welche Werte und Bestimmungen, Begriffe und markante Köstlichkeiten Ich in Mir zu kultivieren habe. Das verleiht dem Wesen dessen, was Ich unternehme, Ernst, Gewissenhaftigkeit und Wahlverwandtschaft mit den besten Lebensdingen, die da *sind* und ihren Rosenduft in Meinem All verbreiten.

Was Ich von Mir weiss sind Tugendhaftigkeit und Seriosität, Blütenreinheit und Unsterblichkeit im Handeln und Bestehn. Das sind gloriose Werte, denen nichts hinzugefügt und abgesondert werden muss für Ewigkeiten. Mein Richtwert führt Mich stets voran zu sagenhaften Evolutionen Meiner selbst in der Euphorie der Weltenwirklichkeiten und Holdseligkeiten, die Ich heiteren Gemüts um Mich geschart und losgelassen habe. Dem Festen habe Ich die Zartheit mit auf seinen Weg gegeben, dem strömenden Beständigkeit in seiner

Wirkkraft und unsterbliche Magie. Alle diese Unternehmungen verleihen Mir den Ruf der unfehlbaren Genialität im Gestalten Meiner Werke und begehrenswerten Ideale von beglückender Intensität.

Mein Sein ist ein unendlich offenes System von graziösen Raritäten, die sich in sich selber stilisieren und bestrebt sind, ihre Wohlfahrt, Lebenswonne und Elysische Bewusstheit bis ins Unermessliche und kosmisch Ausgedehnte zu vermehren. Ich schöpfe Fülle aus Mir selbst und spende sie dem was Ich Bin in der Erfülltheit Meiner Sphären mit Wirklichkeiten von der Art, wie sie die Weisen und Erhabenen für gut erachten und für bewundernswert in ihrem loyalen Selbstverständnis und Sich-selbst-Vergüten.

## 2.20

Quellfrisch fühlt sich alles, was von Mir kommt, seit Äonen an und verliert nicht im Geringsten seinen Nimbus des unendlichen Befriedens. Alle Meine Träume atmen Stärke des gewinnenden Elans und lassen sich aus hoch erhabenem Begründen niemals unterkriegen. Mit einem Mix aus Eigenem und von Mir Angezetteltem wirst auch du mit Nonchalance und Siegessicherheit als Erforscher neuer Welten durch die ewigen Geistesgründe fahren. Ich merke Mir die Meinen sie erkennend am beseelten Timbre ihrer Stimme, wie am zielbewussten Schreiten mit dem sie sich bewusst und heiter mit holdseligen Gedanken durch die Geisteswelt bewegen. Die Herzenswärme und Gelassenheit nimmt merklich zu je mehr du dich durch jene Gegenden, wo Ich verankert Bin, bewegst. Darinnen kann es dir an nichts mehr fehlen, weil Ich mit allem, was da *ist*, und was die fernste Zukunft bringt aufs Köstlichste begabt Bin, ohne nach dem Wie und dem Wieviel zu fragen.

In Meiner Hemisphäre fühlt sich alles locker und gewandt, liebevoll und krisensicher an. Die Berge spenden Wasserfälle und die Seen, rings um sie verteilt, befördern friedevoll den Weltverkehr mit dem die Warenfülle hin und her bewegt wird in erles`nen Variationen. Sowie du Meine Spuren strikt verfolgst, kann es dir an nichts mehr fehlen und du übersprudelst, satt von Dankbarkeit Mir zu, für den agilen Tross von Wundergaben, die Ich dir ständig und dezent gewähre.

Das macht, dass deine Füsse immerzu handfesten Grund berühren, wenn du wandernd dich bewegst zu neuen Horizonten, die, von Mir bestens approbiert und ausgemessen, im Unendlichen liegen. Du brauchst nur mutig und das Gute glaubend auf sie zuzugehn und schon erscheint dir alles, was du auf den immanenten Fortschritt und gewissenhaften Seinsgewinn verwandt hast, als berechtigt und aufs Äusserste gediegen. Du Bist dir selbst ein Wunderwerk der Geisteswirklichkeit geworden und bewegst dich in der Fülle Gottes hin und her und auf und nieder, souverän und elitär.

# 3

# Seinsprofunde Meditationen

## 3.1

Ich spreche dich in Freiheit, Seinsverliebtheit, Lebenswonne und Bewusstheit an aus Meiner Hochburg seinsprofunder Meditationen. All das was Sinn macht und Begeisterung im Leben habe Ich Mir zugeladen mit der Absicht, es zur Wohlfahrt und Beglückung einer Welt von Seinsverständigen und Himmelspatrioten zu verwenden. Ich Bin die Sternenweisheit und gewissenhafte Seinsergriffenheit in corpore und bewege Mich konstant im absoluten Guten. Alle Hindernisse und perfiden Hürden sind von Mir längst überwunden worden und hinken Mir in jämmerlichem Zustand, innig angeschlagen, hinterher.

Ich liebe es der Welt die Fülle Meiner überragenden Errungenschaften seinsbegeistert, überzeugend und manierlich vorzutragen, damit auch sie sich Meiner Kräfte und Entschiedenheiten glorioserweis bediene.

In überaus gediegenen Sentenzen trage Ich den Wohllaut Meiner Seinsgestimmtheit vor, um vor aller Augen Meine Kunst des Seinsgeniessens würdig zu belegen. Ich fasse an, was Myriaden Unerleuchtete nicht fassen können und erlaube Mir Mich wonnevoll und mit luzider Klargesichtigkeit im eignen Licht zu baden. Das ist die Quintessenz von Meinem gottgesegneten Gehaben, dass Ich alles, was Ich von Mir weiss, verschwenderisch um Mich verbreite, um Mein Sein in myriadenfältiger Vereinzelung in Universenweiten zu erschauen. Konstantes Mich-Vermehren und Belehren kommt Meiner Absicht, wahrhaft bravourös zu sein, aufs Entschiedenste und Wohlgefälligste entgegen. In Mir kann es nichts geben, was noch überragender und wesentlicher wäre, derweil Ich Bin, was jedermann auch sein kann, wenn er nur begreift, dass Ich ihm innewohne in der Fülle aller Zeiten. Darinnen schaffe Ich ihm die Gelegenheiten wahrhaft seinsbegabt und magistral im

Weltall aufzutreten, das sein Ein und Alles ist salut und freudenreich, erfinderisch und seinsfinal in Mir.

## 3.2

Verehrenswürdige Gedanken sprech Ich dir ins Herz, geliebter Weltenbürger oder seelenvolle Titelhalterin von Gottes eminenten Gnaden. Ich reiche dir die Hand hinüber in dein Reich von Geist zu Geist und von Gewissen zu Gewissen in der Pracht des Universums, das wir alleweil beleben. Kennst du dich aus in dem was du dir Bist? Ich nenne es beim Namen: eine Geste der Unendlichkeit von Meinem adligen Geblüt und Meiner Zukunft in den seinselysischen Gefilden, die für alle da sind in dem unermesslichen Mercado, den Ich seinsbegeistert, würdevoll und glamourös betreibe.

Es geschieht, dass Ich im Sonnenstrahlen Mich den Weltbewohnern offenbare, nur dass sie`s wissen sollen in der geistigen Empfindsamkeit und Wachheit ihres Wesens. Sie tragen in der Stille ihres lauschenden Gemütes dazu bei, Meiner Beseelung sich zu öffnen und von ihr erfüllt, zutiefst beglückt und inniglich belehrt zu werden. Das hat nun seine Richtigkeit in jeder Phase des Erringens einer weiteren von Mir gesegneten Position im wunderbaren Weltgetriebe, dem Ich Mich in den Verständigen verschrieben habe.

Für dich gibt es nichts anderes als, tief in dich versunken, deines Lebens Sinn und Gleichnis mit dem Meinen immer besser zu verstehn. Das tröstet dich in vielen kläglichen und unbegreiflich zähen Situationen, die dir Stress bereiten und Geknatter im Allhier. Was kannst du Besseres und Überzeugenderes wünschen, als dich von Mir geehrt, befördert und behütet wissen in der Allegorie der Zeiten, die sich mit Mir vergleichen und verschwägern wollen. In diesem Sinne Bist du wahrhaft respektierlich und erscheinst in den Annalen Meiner

Göttertaten als verwirklichtes Idol. Es mehren sich die Tage, an denen du dich deiner selbst bewusst Bist als Gestalter und Verwaltung deines Konterfeis, von Mir gegeben und im Hintergrund emporgeführt, zu neuen, nie gekannten Höhen, die dir Bewunderung entlocken mit dem Blick zu neuen Horizonten, Seligkeiten, auserlesenen Befindlichkeiten, Fähigkeiten, zärtlichen Genüssen und subtilen Heiterkeiten, nicht von hier.

## 3.3

Willst du vor Mir als Narr Erscheinen fahre du nur fort dein Image als Allrounder steter Besserwisserei zu pflegen. Todsicher wirst du dich ins Abseits von der wohlerwognen Fährte führen, die Ich für dich ausgelegt und für gut befunden habe. Es ist die Weisheit von Äonen, die Ich Mir zugute halten kann, um das Schicksal von Myriaden zu begleiten und um ihm den rechten Touch und das bedeutungsvolle Gottestimbre zu verleihen. „Ich Bin ja nie allein", darfst du dir füglich hinters Öhrchen schreiben, „denn der Gott der Wahrheit und Gerechtigkeit hat auch in mir und meiner Entourage den Wohnsitz aufgeschlagen". Ich Bin für diese Art des Überlegens sehr empfänglich und honoriere es voll Eifer mit der Fülle Meiner Wundergaben. Noch in vielem wirst du nicht gewahr, dass gerade Ich es war, der dich zu diesem oder jenem lenkte, das eine schicksalsträchtige Veränderung für dich bedeutete. Doch alles, was du so von Mir erlebst, ist für dich unbedingt von Gutem und erhöht dein Sein in wohlgemessnen Schritten, Tritten und Beförderungen unaufhörlich Mir entgegen.

Mein Weltenwille dominiert in logischer Geschicklichkeit das kosmische Geschehn. Wie sollte sonst das herrliche Gebäude der verehrenswerten Universenpracht erstehn. Darin Bist du, was Ich Mir Bin in unerschütterlicher Übereinkunft mit den Kräften Meines seelenvollen Umgangs und Gestaltens. In Wahrheit Bist du Meines Schöpferstrebens glückverheissende Parade, von der Ich lediglich Verständnis und Vertrauen, Loyalität und Sinn für götterlichtes Einigsein erwarte. Alles was in Myriadenfacher Vielheit existiert, ist in Tat und Wahrheit nur des einen Seins und Wesens Ausbruch und gestaltendes Vibrieren. Du Bist Mein sinnenfälliges Gebilde genauso wie es alle sind die, wenn auch unbewusst, Mir angehören. Das zu erkennen sei dir als profunde, lebelange Pflicht mit auf den Weg gegeben und erfülle dich schlussendlich mit der Herzensfreude und dem Wohllaut des Gerechtseins, den die, in Meinem Sein Erstandenen, beständig in sich tragen. Du Bist in Mir der strahlenden Vollendung wie der Heiterkeit Elysiens anheimgegeben.

## 3.4

Animositäten und Krawalle sind in Meiner Gangart und Gewieftheit nicht vonnöten, um ganze Städte, Länder und emporgehobne Kontinente minutiös zu kontrollieren und ihr Wohl und Wehe der vollendeten Manierlichkeit und Wohlfahrt zuzuführen. Das geschieht im Innern der Akteure, die für Meine Weisungen sensibel und empfänglich sind und deren Lauterkeit kein Jota abweicht von der Bahn des ausgezeichneten Benehmens. Niemals kannst du Mich verblüfft, beleidigt oder unwirsch sehn in Meiner Eigenart das Myriadenfältige im Griff und in getragener Bewegtheit zu erhalten. Nicht dem plakativen, äusserlichen, ins Verderben führenden Fortschritt Bin Ich zugetan, sondern dem was die, für das Subtile offenen Gemüter, mit unendlicher Geduld realisieren wollen.

Mein Flair für Wohlgeordnetes, Geistvolles und Gesittetes kennt keine Grenzen. Es begründet ohne Zweifel Meinen Nimbus der Erhabenheit in geistigen Belangen wie in der Fähigkeit dem Weltgeschehn Mein Siegel wie das Abbild Meiner Willensstärke einzuprägen. Ich kenne keine Grenzen, wenn es darum geht, allüberall bewährte und gediegene Gesetze einzuführen, die den Völkern Fortschritt und Befriedung bringen. Das hört sich sehr erfreulich an, muss jedoch in äonenlanger Kleinarbeit, Geduld und Wissenschaft verwirklicht werden. Ich lange nach den Sternen, doch mit wieviel Feingefühl und Seriosität, Bedachtheit und Geschicklichkeit muss das geschehn. Es sind von Mir Unendlichkeiten zu verwalten und zum Guten zu gestalten, das sich selbst im Zügel hält wie in den Grenzen seiner eignen wohlbedachten Dispositionen. Diese Sinnkraft reicht von Meiner Mitte bis zu unterst und zugleich in unermessne Höhen, wo sich die Geister der Rechtschaffenheit wie der elysischen Glückseligkeit befinden. Willst du einer von den ihren sein so spute dich, Mein Ziel dem deinen gründlich einzuprägen, um es dann im göttlichen Verein mit Mir todsicher zu erreichen. Damit erfüllt sich unweigerlich der Sinn und die Erfahrung des unendlichen Begabens, die von Mir ausgehn und sich zweifellos auch wieder in Mir finden werden. Dies auch in deiner Hemisphäre zu erreichen leite Ich dich an und ruhe nicht, bis du dich selbst begriffen hast in deinen Wundern und Gediegenheiten alleweil beseligend in Mir.

## 3.5

Im Wahlkreis Meiner Aktionen lassen sich die Weltendinge allerbestens an. Es geschieht, dass alle Wesen darin förmlich nach Mir Hunger haben. Das ist nicht verwunderlich, weil alle, die sich wunderbarerweise in Mir finden, über ein bewusstes Sein von verehrenswerter Qualität und Gottgefälligkeit, Manierlichkeit und Schöpferkraft verfügen. Ich Bin befugt zu allem was sich universenweit ereignet Ja und Amen beizutragen oder auch Mein Veto zu erlassen, wenn sich die Sache als mit vielen Häkchen ausgestattet präsentiert. Das mag manchem nicht genehm sein, doch es läuft darauf hinaus, Mein Weltenwerk in räsonablem Gang, Geklimper und Geknatter zu erhalten und es in faszinierender und fabelhafter Eigenart auf Kurs zu sehn.

Was für dich hinter den Kulissen und Beklemmungen geschielt ist Mir immer seinspräsent in seiner maximalen Schärfe und markanten Eigentümlichkeit, was Mir erlaubt, adäquat und augenblicklich zu agieren, wo die Hilfe nötig ist, von Mir.

Ich komme erst so recht in Fahrt, wenn sich der Einsatz wirklich lohnt und die Betroffenen in wildes Durcheinander und Geschiebe, Kopflosigkeit und Angst geraten sind. Da bringe Ich mit hehrer Hand den Herzensfrieden in den Pool, mit einem Wort der überragenden Vernunft aus klug besorgten Munde, wie aus der Besonnenheit, die Einzelne gekonnt und sicher in die Menge tragen.

Mein Reich ist nicht von hier und dennoch ist es überall präsent in jedem Willensakt, den die bewussten Wesen in sich und ausser sich portieren. Sie glauben sich allein, derweil Ich stets bei ihnen Bin, um ihre Weltgebundenheit in die Unendlichkeit der Sterne zu erlösen. Mein Metier ist Ewiges, Unsterbliches und Bravouröses unters Volk zu streuen, damit es sich in weiser Einsicht an das Schöne, Gute und Gerechte halte, das in jedem Menschen schlummert, um vom Gotteskuss erweckt zu werden. Dann ist die Welt auf einmal licht und praktikabel, wohnlich, redlich, heiter und bequem. Du sitzest auf dem Sockel der Vernünftigkeit und überschaust dein Angebinde mit geklärten, klugen Augen. Den Gott in dir lässt du geziemend walten und hütest dich davor, seine Pläne für dich zu durchkreuzen. Das bringt dir Unbeschwertheit, Lebensmut, Bewusstheit deiner selbst und kräftigt deinen Atem für dein stimmungsvolles, seinsgeschwisterliches, überglückliches und heiter angefachtes Halleluja-Rufen.

## 3.6

In Maulwurftaschen hältst du dich versteckt und wirst von keinem je gefunden, und du hältst Maulaffen feil zur Tarnung deiner Unbeholfenheit dein Sein zur Makellosigkeit zu stilisieren. Versprichst du Mir, dein Wissen um Mich nimmer zu missbrauchen, kann Ich dir, mit Wehmut zwar, die letzten Dinge offenbaren. Du weisst nicht, dass du Bist, doch nun sollst du es wissen: ein Wanderer von fern zu fern zwischen zwei Ewigkeiten. Du lebst im Jetzt, damit es dir nicht schwindlig wird vor den intensen Myriaden, die du hinter dir gelassen hast, doch mehr noch vor all dem, was auf dich zukommt, in der Macht des Seins für prügelnde und jauchzende Unendlichkeiten.

Es ist für dich kein Schleck dein Sein erkannt und als unentrinnbar eingestuft zu haben. Das belastet dich in schweren Stunden noch viel mehr, doch zwingt es dich der reinen Freude nachzulaufen, die dir als die gute Lebensfee vorangeht und dir das Dasein aufklärt, wie man düstre Wolken längelang durchlichtet bis sie leichterdings wie Rosenflaum am azurblauen Himmel schweben.

In märchenhafter Mittagsruh sollst du verweilen, derweil die Lebensdinge still und kaum bemerkt an dir vorüberdriften. Das hat viel mit Seinsgelassenheit, Beschaulichkeit und würdiger Erhabenheit zu tun, in die du dich begibst in deinen allerbesten Meditationen. Du tauchst in Meine Göttersphären ein und lässest dich von dem was Ich Mir Bin aufs Trefflichste belehren. Dass du Bist ist Meines In-dir-Seins beredtes Zeichen und dafür, dass du dies bemerkst, will Ich schon sorgen. Ich taufe dich mit Wassern der Vergänglichkeit damit das Sterben dir bekannt wird, ebenso wie deine nie verebbenden Intarsien ins Ewig-Leben. Wenn auch dein Willesein auf sich besteht, so will es denn das Meine noch viel mehr. Es führt die Weltendinge unbedingt in eins zusammen und vereinigt, was getrennt war, zu dem einen götterlichten Fluidum des Seins an sich, an dem die Universendinge ohne jeden Zweifel ihren existenziellen Anteil habe. Das Glück des Seinserkennens ist auch dir beschieden, wenn du willst und liebst und leistest und dabei die Heiterkeit Elysiens erlebst.

## 3.7

Dein Weltenjammer hat Mich längst erreicht mit allen seinen widerwärtigen und höchst blamablen Zügen. Nun hab Ich deinem Menschensein das Bittere hinweg-genommen, das durch deine Selbstgefälligkeit entstanden ist und dir den heiteren Genuss des Lebens arg  vergällt hat generationenlang. Aus deinen Plänen ist nichts wirklich Tüchtiges geworden, weil sie ohne Meinen Einfluss und Mein Regelwerk entstanden sind. Noch immer ist es angebracht für dich, aus dem was dir missfällt zu lernen, wie du`s besser machen kannst und vor allem wie du Meine Hilfe dir erbitten kannst in deinen mannigfachen Nöten.

Ich komme wie der Nachttau über dich, der sich in aller Heimlichkeit an jedes Gartenblümchen heftet es voll Zartheit und Manierlichkeit zu tränken. Du brauchst dir das Köpfchen nicht mehr zu zerbrechen über wie und wann und wo, weil Ich Mein überweltliches Gedächtnis längst zerbrochen habe, um deinen Übelstand aufs Raffinierteste und Seelenvollste zu beheben. Ich Bin der Alleskönner der in jeder noch so fest gewickelten Behausung Ordnung schafft und sanft gewählten Frieden. Was Ich dir nütze magst du an dem Wandel deiner felsenfesten Überzeugungen und Manifeste sehn.

Du durchlüftest dein Gehirn und lässest es mit Herzenswärme und Vertrauen, Wohlverstand und tapferer Entschiedenheit durchströmen. Du weisst, dass Ich in allen, was dich noch so marginal betrifft, Meinen Einfluss geltend machen muss, damit es wohlgelingt und dir zum Segen und Erfolg gereicht, dich aus den Niederungen deines Waltens zu erheben.

Du begibst dich damit ohne jeden Zweifel in Mein Reich der tausend neuen Möglichkeiten und Empfindungen, Genialitäten und Verbindungen mit dem, der *ist*, und dem noch immer alle Weltendinge in den Schoss und ins Gewissen fallen. Deine Andacht vor dem Herrn gilt es zu mehren und deinem Weltensein den Touch des Allgemeinen, Gottgefälligen und Wunderbaren zu verleihen. In diesem Sinn ist deine wahre Destination vor dich gelegt und wenn du sie begreifst, wird dir die Himmelsfreude und Gerechtigkeit der Sphären, das A B C Elysiens und aller Welten Wohllaut sicher sein.

### 3.8

Dass Ich Bin ist eine Gabe Meiner eigenen Natur, von deren Fülle und Vereinbarkeit mit allem, was da *ist,* Ich volle Überzeugung in Mir trage. Mein Manifest ist stets auf Lauterkeit bedacht und Meine Wesenszüge weisen auf Vollendung hin in allen Disziplinen, die Ich je aus Meiner eignen unermessnen See ans Land gezogen habe. Was Ich Bin bedingt ein unablässiges Behaupten Meiner selbst in Sachen Schöpfertätigkeit im Universenstil wie in der glorios entfalteten Grandezza mit der Ich alle Meine Seinsprojekte auferstehen lasse.

Ich beglaubige zumal, dass Ich die Dinge Meines schöpferischen Flairs von allem Anfang an zutiefst mit der Idee beglückte, dass sie *sind* und damit Meinem Sein und Sinnen, Heil und Heiligtum zuinnerst angehören.

Niemand ist wie Ich und alle sind der Schmelz wie die Bewegtheit Meines götterlichten Wesens. Wer nicht mit Mir rechnet als sein Ideal, der fällt wie Zunder von Mir ab und zerfällt in tausend Kleinlichkeiten, die ihn seiner seienden Identität berauben und ihm nicht gestatten wahrhaft grandios und geistvoll, überlegt und liebevoll zu sein in seinem seelenvollen Sich-Verwundern. Was Ich besonders in Mir pflege sind Wahrhaftigkeit und Güte, grossherziges Beginnen wie glorioses Seins-vollenden aller Meiner Wundertaten. Ich zirkuliere als ein Geistesfürst in allem was Ich je zustande brachte und was im Sternenraum das Echo findet, das Ich Mir geworden Bin in hunderttausend Variationen. Du Bist eine und wahrhaftig die Erhabenste von ihnen, die sich in allen Ordnungen und Stufen, Transformationen und Erfüllungen wahrhaftig sehen lassen kann. Deine kapitalen Bindungen an Mich sind Legion und Meines Geisteslichtes Funken sind als Lebenskraft in dich gesprungen, wo sie dich zur Selbstverwirklichung und Daseinslust, Bewunderung des Alls wie zur Gestaltung der persönlichen Glückseligkeit und Seelenaugenfrische animieren.

## 3.9

Was trillerst du auf deinem Pfeiffchen, wo doch Ruhe herrschen sollte in den Höfen der Fakire und Fanatiker die so verliebt sind in ihr Mittagsschläfchen. Es ist halt so, dass Trillern und Schillern die Leute stört in ihrem Seinsbehagen an der Welt mit ihren liederlichen Hochgenüssen. Niemand kommt zur Herzensruh ob dem was ihm der Sinnenkitzel bietet, deswegen trachte du nach der Beherrschung deiner selbstgefälligen Triebe.

Ich lehre weises Aneinanderfügen der Erkenntnisse von Himmels Gnaden, die dich von den Schlingen der Verschrobenheit befreien und dir seelenvolle Heiterkeit bescheren. Die kannst du von Meinen unerschöpflichen

Ressourcen ohne weiteres beziehn, sowie du Meine träfe Weitsicht walten lässest über dir. Kommst du wie ein Kind dahergesprungen, kannst du auf Mein Helferblut am besten zählen. Du vertraust Mir, ohne längelang an das Wieviel und Wie zu denken. Ganz im Stillen kann Ich mehr bewirken als dir noch so viele Gassenhauer in die Ohren hämmern mögen. Ich führe dich mit einem Windhauch weg von der Gefahr und bringe dich in Regionen reiner Wohlgefälligkeit am Sein und Leben. Mit Mir ist wahrhaft besser als mit dem Verführer zu kutschieren. Du lernst zu unterscheiden zwischen sinnender Wahrhaftigkeit und sinnlich aufgeblähter Maskerade. Wo Ich dein Führer Bin sind Freude, Frieden und Bewusstheit zu erwarten. Du betrittst die Räume reinen Seins in Meinen Liebesgärten und verweilst voll Wonne und Genügsamkeit in ihnen. Was Ich dir biete ist von einer Qualität bewundernswerter Güte wie von einem Habitus, den nur die Götter auserlesner Seinsgewissheit in sich tragen. Du traust dich, was *Ich* Bin zu sein, indem du Mir die Zügel überlässest dich nach Meiner Art zur Seinsbeschaulichkeit zu lenken. Die Weltenhöhen werden vor dir aufgetan und dein Bewusstsein dehnt sich aus zu unermessnen Sternenräumen. Mein Wahrhaftigsein und Meine Wahrheit seien künftig das Idol, nach dem du strebend dich bemühst und von dem die höchsten Geisteswirklichkeiten ihren Sinngehalt empfangen. Dein Sinnen wendet sich dezent und wundersam, bewusst und seinsbefriedet dem Unendlichen entgegen und darf in ihm als in der Zärtlichkeit Elysiens beseligt wie das blütenzarte Kindchen ruhn.

## 3.10

Was in Mir beschlossen und besiegelt ist, kann nicht mit einem Federstrich gelöst und abgeschlossen werden. Ich stehe unbedingt und mutig für das ein was Ich geschaffen und in den Lebenslauf entlassen habe. Mein Betrieb ist stets von dem begleitet, was ihn fördert und belebt, nämlich von den Kräften des unendlichen Begütens. Fühlst du dich verlassen so denke stets daran, dass Ich auf jeden Fall noch da Bin, um dir Trost und Unterstützung, Wohlverstand und Festigkeit zu spenden. Das erhebt dich in den Stand der Kinder Gottes die weder etwas zu befürchten noch persönlich zu entbehren haben. Bist du auch frei in deinem Über-dich-Verfügen, so kannst du Meiner weisen Weltenlenkung nicht entgehn.

Was du Fügung nennst ist immer Meines Disponierens Ratschluss und Gewähr für Ewigkeiten. Du bist eingefügt in ein System von götterlichten Qualitäten, die nur das Beste, was es für dich geben kann, in ihrer Absicht pflegen. In dieser Hinsicht ist es wahrlich wohlgetan für dich die Initiative Meinem Sinn und Geist entsprechend zu ergreifen, um zu einem respektablen Ziele zu gelangen.

Ich stelle dich nie bloss, wenn du auch in Verhältnissen zu leben hast, die anderen als mickerig, unangemessen und bedauerlich erscheinen. In Tat und Wahrheit ist noch jeden Wesens Zirkulation und Wirkkreis grandios und reicht von hier bis zu den Sternen, die im Allkreis, sich verstrahlend, um dich stehn. Ihrer Wirkkraft ist es zu verdanken, dass wunderbare Ordnung herrscht hier oben, wo Mein Wille sich in absoluter Reinheit unbedenklich und gewissenhaft entfalten kann. Mein Manifest trägt seine Früchte in sich selbst und so ist es gegeben, dass die gottgegebenen Prinzipien zum Zuge kommen. Bis in jede Kleinigkeit Bin Ich Mich selbst in ihnen und verfüge damit über ein unendliches Potenzial von wunderbarem Mich-Entfalten in verehrenswerter Redlichkeit und seelenvoller Ruh.

Auch du bist ganz von Mir ergriffen, wie von dem Einigsein mit dem was Ich seit Urzeit liebevoll belebe und was Ich immer Bin und bleibe in des Seins

Erhabenheit, Bewusstheit, Traulichkeit und unver-
wechselbarem Stil.

## 3.11

Wer Mich in Meinem Sein besucht, hat unbedingt den
Vogel abgeschossen an Geschmeidigkeit, profunder
Einsicht und erhabenem Sich-selbst-Bewähren. Ich
nenne dich schon meisterlich derweil du dich dem Ziele
näherst Mich und Meinen myriadenschweren Anhang
herzenstief und radikal, kongruent und unvermittelt zu
begreifen.

Du siehst in Meinem Sein mit Ehrfurcht und Entzücken
schon von weitem Gärten voll von feuerroten Rosen für
dich blühn. Sie tragen dir den Duft der Seinsgerechtigkeit, der Tapferkeit, des hochbegabten
Schreitens wie des überragenden Erfolgs entgegen. Du
hast dich selbst zum Auserwählten himmlischer
Genügsamkeit erkoren, indem du Meinem Ruf gefolgt
bist, sei's durch todestrockne Wüsteneien, sei's entlang
der Pracht der seinselysischen Plantagen, die Ich dir
liebevoll und herzensgut bereitet habe.

Du brauchst kein Wort zu sprechen, derweil der Wohllaut
deiner sinnenden Gefühle dir entströmt. Ich seh genug
des Dankens wohlerwogene Gebärde sie durchziehn zu
Meiner Ehre, wie zu Meiner gütestrahlenden Bravuor.
Ich liebe es, vor dir den allerzierlichsten, entzückendsten,
sensibelsten und gloriosten Göttertanz in wohlbedachter
Minne aufzuführen, effektiv der Seinsbewunderung
wegen, die du für Mich fühlen sollst in deinem
hochbegabten und bewundernswerten Weltgewissen.

Ich trage dir die besten, adäquatesten und uner-
schütterlichsten Seinsbegriffe meilenweit voran, damit
du mit dem Eifer der Zeloten und erwiesnen Seinsbegeisterten nach ihnen strebst und sie in Kürze zu

erreichen trachtest mit dem Lächeln des bekränzten Siegers auf den Zügen. Du Bist genau das was Ich wollte vor den Augen Meiner Majestät geworden, hast umgesetzt was Ich voll Sehnsucht intendierte und bereitest Mir die Herzensfreude einer Sohnschaft von erwiesner Tüchtigkeit im Nehmen wie im Wiedergeben. Desgleichen geht es um die Analyse der Vortrefflichkeiten, die Ich vor dir blinken liess, sowie den Zauber des elysischen Genügens, dem du vollends und verräterisch verfallen bist. Dein ist das Heil, das Ich schon immer propagierte und dein die Würde Mich zu sein mit all den wonnevollen und unendlich götterlichten Zelebrationen.

## 3.12

Nur Ich vermag zur selben Zeit zu schwingen und zu singen im geliebten Weltenpool. Damit ziere Ich die Liste derer, die mit ihrer Fertigkeit und Fantasie Unmögliches zustande bringen. Meine Kräfte reichen, ohne zu versiegen, von dem einen Ende bis zum andern Meiner kosmischen Struktur, derweil sie schaffend und gestaltend jeder Einzelheit ihr Votum, ihren Charme und ihre unvergleichliche Bewusstheit anerziehen. Traditionen und bewundernswerte Köstlichkeiten sind in Meiner Fibel merklich gross geschrieben. Sie sind höchlich dazu angetan Mich mit Freuden, geist-gesegneter Natürlichkeit und Wohlfahrt zu beschenken.

Diese Dinge sind zur selben Zeit im Irdischen wie im Unendlichen zutiefst verankert, damit sie niemals sich verlaufen und selbstverloren in die Irre gehn. Meine Sensibilität für Wahres und Gerechtes ist enorm und lässt Sternenklarheit und Entzücken durch die Himmelsweiten fahren. Ich berausche Mich an den Erfolgen, die Ich ständig zu verzeichnen habe und verleihe ihnen Schwung und Rasse mit der Absicht, sie bis ins Unendliche zu potenzieren. An dir ist es Mich mit deiner Philosophie der

Einsicht und der Hoffnung zu verfolgen bis zum Gehtnichtmehr, damit das Niveau und Nirvana deiner Taten mit den Meinen gleichzieht in der Fülle brüderlichen Unterweisens. Rate du, wer dich am Zierlichsten, Gedeihlichsten und Unvergänglichsten berät in Sachen Weltgeselligkeit und liebender Vertrautheit mit dem Einen? Die Antwort kannst du dir ersparen, sowie du Meiner inne wirst im Wunderbaren, das Ich so verbindlich um dich lege. Da geschieht es, dass du glaubst, was Ich beständig vor dein Ansehn und Gemüt drapiere. Ich will ja, dass du Mich begreifst in Meinem Dich-Umwerben mit den unvergleichlichen Holdseligkeiten, die die Ich aller Welt zu bieten habe. Sie sind echt im Gegensatz zu deinen, die nicht mehr der Rede wert sind alsogleich, wie du von dem gekostet hast, was Ich in deine Seele senke, um sie mit dem Hauch Elysiens wie mit der Grazie des universenweiten Wohlstands innig, hoch erhaben und gedeihlich zu beglücken.

## 3.13

Wo wallst du hin, wenn du in Meinem Namen walten sollst in unverbrüchlicher Manier. Ich habe dich gesandt, damit du Kunde bringst von dem was du in Meinem Reich geschaut und hingenommen hast. Nun bist du Mir zu Dank verpflichtet wie dazu, im Schwierigen das dich umgibt goldrichtig zu agieren. Dein Menschliches tendiert nach Feierabend und Verköstigung, Ruhigstellung, Bier und Frieden. Die Seele aber leidet unter den Banalitäten die ihr beständig zugemutet werden. Sie sehnt sich nach dem Sinn und dehnt sich damit aus ins Unermessliche der geistigen Zusammenhänge, die die Welt aufs Trefflichste regieren.

Damit komme Ich zum Zug, dein Wesensein as wie in einer Spiegelung behutsam vor dich hin zu stellen. Du erkennst in ihm das Abbild Meiner Souveränität und

Güte, Kompliziertheit, Rechtschaffenheit und gloriosen Gangart Meiner Evolutionen. Das bedeutet für dich das Überwinden einer Lebenskrise fulminanter Art und damit das Betreten einer neuen Welt und Weltsicht, die es in sich hat dein Herz aufs Allerköstlichste und Liebevollste zu befrieden. Du Bist in Mir vom Fluidum der Seinsgerechtigkeit und Lebenstüchtigkeit an sich umgeben. Mit unerhörter Zuversicht schreitst du voran in deinen multiplexen Seinsaffären und lösest Schritt um Schritt, was sie dir zu bedeuten haben. Die Ahnung wird zur Wahrheit, dass in dir enorme Gotteskräfte wirksam sind, die Ich dir noch so gern verleihe, damit du vorwärts schreiten kannst in deinen zauberhaften Dispositionen. Im Grund genommen ist es Mein ins Universum strömendes und allversöhnendes geniales Disponieren, das die Gerechten Gottes bis ins Innerste erkannt und alsobald zu ihrem Ideal und Weckruf, Potenzial und Siegeslauf erhoben haben. Sie sind die Schritte, die Ich allseits unternehme, in ihrem eigenständigen Bezirk geworden. Das macht sie aller Weltbedrängnis haushoch überlegen und befähigt sie in Meiner Dienstbarkeit als Meister der Berufung und Seinsfertigkeit zu handeln und darin bestens zu bestehn. Es gibt kein intensiveres Glückseligsein, als dieses: ganz Mir und aller Meiner Seinslust zu gehören.

## 3.14

Eine Rarität von überragendem Bedeuten ist Mein Sein, das soll ohn` Unterlass in deinem Seinsgewissen zirkulieren. Überragend heisst in diesem Fall, dass es dir ebenso wie Mir zu Füssen liegt, weil sich dasselbe Fluidum auch als in dich gesenkt erweist intim betrachtet und erwogen. Ich mach es dir nicht einfach, dich mit diesem Wissensschatz zu konfrontieren. Du wirst als Ketzer gelten, sowie du ihn der Welt verkündest als die Erkenntnis deines Eigenseins mit Mir in allen geisterfüllten Modulationen.

Nicht zu spassen ist mit dem was Ich dir so besage. Es facht dein Herzensfeuer an, das kann dich auch verbrennen, wenn du nicht sorgsam mit ihm umgehst in der Fülle deiner Dispositionen. Mir gelingt, was niemand anderm je gelungen: in Geistgewandtheit, Generalität, Selbstsicherheit und Urkraft einem Kosmos lebenstüchtige Gestaltung, sich ständig weitende Allräumlichkeit sowie den Duktus unveräusserlicher Harmonie, Empfindsamkeit und Willensstärke zu verleihen. Du versinkst in Andacht vor der Perspektive, alles dies an deiner Stelle mitzutragen als die Meine in des Lebens Sinngedicht und turbulenten Flor. Deine Speicher überborden von Ideen, die sich darin angesammelt haben und bezeugen deine Leistungsfähigkeit in jeder Hinsicht, welche du der Welt zu bieten hast, aus dem Wunderbaren hergezogen.

Dein Ruhm ist dir gesichert, wenn du konsequent und überzeugt auf Meinen aberwilligen Bahnen zirkulierst und kein Mü von ihnen abweichst in der Folge ungezählter Generationen.

Windstille nenne Ich was in Mir herrscht, derweil Ich ständig avanciere im Gestalten Meiner gottgefälligen Motive. Der Reiz des ewig Neuen wird Mir nie abhanden kommen, weil in ihm der Schlüssel liegt zur Weiterführung Meiner allseits anerkannten Aktionen. Selbst in den ärgsten Turbulenzen Bin und bleibe Ich das Auge des Taifuns und überwache was Ich in Betrieb gesetzt und angezettelt habe. Mein Sinnkreis und Behüten, lächelndes Beglücken und Mich-im-Glückseligsein-Bewahren ist seit Ewigkeiten Legion.

## 3.15

Viel Lärm um nichts geht auch Mir gewaltig auf die Nerven. Kaum gefasst, gilt Meine Ansicht schon für Generationen. Nun aber gilt es für die eine, wunderbare, auch für dich solange zuzuwarten bis du felsenfest von dem was *ist* besetzt und eingenommen bist. Und das Bin Ich und das Bist du in unveräusserlicher Überlegenheit und Überlegtheit Meinerseits schon seit Äonen. Mein Wille ist so gut wie deiner mit dem Nimbus der Unsterblichkeit belegt. Sowie du kommst trittst du ein grandioses Erbe an, das dir die Götterväter seit Urzeiten generationenträchtig durchgereicht und eingegossen haben. Es ist das Sein in seiner unväusserlichen Reinheit und Beständigkeit, Erhabenheit und Gloriole, dem zu huldigen kein Wort zu viel ist und kein Gang zu lang im Wirkungsfeld der Myriaden.

Im Herrn Geliebte sind die Könner wie die unscheinbarsten Elemente Meiner selbst vor dem es immerzu zu rufen gilt: Hossianna, du Bist der Erhabene, der *ist* und dem sich alle minutiös zu unterwerfen haben. Selbst ihres Freiseins Attitüde muss dazu verwendet werden, der Wahrhaftigkeit und Unerschöpflichkeit zu dienen. Was ist, kann nie geschmälert oder ausgerottet werden. Was sich als gottgegeben genial erweist, bricht durch, wo alles andere die Schranken spüren muss in seinem forschen, selbstischen Gehaben.

Mein Siegel wirst du nimmer los. Es zeichnet dich als siegreich und gelassen aus, verbindlich und gekrönt, du musst ihm nur die rechte Deutung zugestehn. Was Mich betrifft ist immer lohnend allem anderen voranzustellen und in strikter Seinsverbundenheit mit Leben, Kraft und Würde anzureichern. Das ist seit Anbeginn die christliche Devise für Fortschritt und Erfolg im Geistessinne und gehört dir unauslöschlich hinters Ohr geschrieben. So sind deine Taten stets von Mir geprägt und heissen dich im Fürstensaal der ewigen Glückseligkeit aufs Zärtlichste und Überzeugendste, Liebevollste und Begeisterndste willkommen.

## 3.16

Wo sich die Lebensdinge wunderbar zusammenreimen kannst du sicher sein, dass Ich mit Meinem Flair für schickes und bewegendes Vertiefen des Geschehns dahinter steh. Mir ist es ernst mit den was Ich Mir vorgenommen habe, bis zur offnen Konfrontation mit denen, die Mein Werk behindern oder gar zerstören wollen. Als der Vater allen weltlichen Geschehns Bin Ich dazu verpflichtet es mit Sorgfalt, Redlichkeit und Kühnheit zu verwalten und verteidigen, wo immer sich Konflikte und Verspannungen ergeben haben. Ich schaue mit unendlicher Gewissenhaftigkeit Mein Werk durch aberviele Geistesaugen an und sehe Mich gehalten einzugreifen, wo Retuschen nötig sind und bewusste Sanktionen. Das kann nicht gut gehn, bist auch du geneigt zu sagen, wenn gewisse Operationen als riskant und brandgefährlich eingestuft und abgeurteilt werden müssen. Um wieviel mehr muss sich Mein Sperberblick und Meine Sicht auf alle Weltendinge wundern ob den vielen zweifelhaften Motivationen, Taschentricks, Verleumdungen und Übervorteilungen, die dort gang und gäbe sind, im täglichen Verkehr.

Das Verwerfliche verwirft sich schliesslich selbst nach den erhabenen Gesetzen, die auf Dauer angelegt und unbestechlich sind in ihrem Wirken und Gehaben. Sie sind der Ausdruck Meines göttlichen Genies im Sinn der Läuterung der menschlichen Gemüter, die noch viel zu vieles auf dem Kerbholz mit sich tragen. Sie korrumpieren ihr Gewissen Tag für Tag und laufen lächelnd frei herum, derweil sie heimlich wilden Tieren gleichen, die sich gnadenlos auf ihre Opfer stürzen.

Einst sollen alle ohne Unterschied begriffen haben, wie lohnend es sich anstellt göttlichem Gebrauch gemäss zu handeln und der Umwelt gegenüber Achtung, Ehrlichkeit und liebevolle Freundlichkeit zu pflegen. Mein Weltbild will und wird sich unfehlbar von innen her entfalten und dabei wunderbare Menschlichkeit und Gottgefälligkeit, Generosität und Mitgefühl entfalten. Das Ich Bin kommt allgemein zum Zuge und verklärt den Alltag allsolange bis im Lichte der Natürlichkeit elysische Verhältnisse und paradiesische Holdseligkeiten herrschen. Es blüht und grünt die Gottnatur in allen Wesen und offenbart, was Ich in ihnen Bin, in wunderbar beständiger, unsterblicher, verehrenswerter und glückseligmachender Manier.

## 3.17

Die Wortwahl füllt den Saal oder lässt ihn leer erscheinen. Bist du in der Lage frei heraus, was Ich dir sage, vorzutragen, kannst du deiner Hörgemeinde sicher sein, die sucht was viele doch nicht finden und die reichlich bei dir findet, was sie sucht. Nun magst du überlegen, worin der Zauber denn besteht, der die lauschenden Gemüter fesselt selbst bei noch so kritischem und konsequentem Hinterfragen. Da kann Ich dir mit Überzeugung vors Gewissen legen: die Wahrheit ist es, die die Menschen anzieht und mit dem versieht, was Ihnen eine unerschütterliche Stütze ist im Leben. Sie spüren, dass sie darauf zählen können wenn verkündet wird: ihr seid das Sein, das von dem Weltall allen zuströmt und dabei die Basis bildet und den Grundgehalt von eurem hochkomplexen Wesen.

Die Wahrheit will auch in dir wohnen und dich von der Trefflichkeit und Unerschöpflichkeit des Lebens überzeugen mit dem Ruf: ich versehe dich mit Tüchtigkeit und Wachheit, integraler Bodenständigkeit und Intuition, wenn du Mir entgegenkommst mit Inbrunst wie mit der Hoffnung auf Erfolg in deinem unerschütterlichen Streben.

Es gibt nur *eine* Wahrheit, die dich frei und selig machen kann, wenn du begreifst, dass du des Seins Gehalt und Grazie, Kapazität und Qualität schon immer warst in deinem wunderbarsten Selbstgenügen. Es durchströmte dich die Weisheit der Erlösten und durchströmt dich immer noch, sowie du dazu fähig bist, dafür Bewusstsein, Wachheit und Empfänglichkeit in Fülle zu kreieren.

Ich schenke dir das Beste, was du dir erdenken kannst, indem Ich deiner Offenheit, die Meine zielbewusst entgegenführe. Das ergibt dann die Vereinigung der Götterwesen, die da *sind*, und sich begeistert und erlöst des Seinserkennens Attribute vor die Füsse legen. So du Mir huldigst kann Ich dir auch Meiner innigen Verehrung Zuversicht entgegentragen. Du leistest was Ich von dir will und erwartest dafür die Begeisterung, Priorität, Bewusstheit und Holdseligkeit mit der Ich alle Seinsbewussten und Erhabenen, Bedingungslosen, Abgeklärten und mit dem Hauch Elysiens Befreundeten begabe.

## 3.18

Auf der Klaviatur des Lebens klimperst du Mir manch vergnüglich Liedchen vor, das Ich eher schlecht als recht goutiere. Du glaubst gross damit herauszukommen, doch im Grund genommen ist es sehr blamabel, was du wieder anstellst in der Morgenfrüh. Deine Flausen muss Ich dir vertreiben, weil du sonst kein rechter Mensch wirst so wie Ich ihn intendiere. Dein gültig Mass ist dir von Mir bestimmt schon seit Äonen und Ich führe dich behutsam und besorgt, vertraulich, hoffnungsvoll und zuversichtlich zu ihm hin. Ausreden gelten nicht vor Meinem wachenden Gemüt, sie zeigen Mir nur an, dass du zu Besserem und Wohlgefälligerem fähig bist in deinem prächtigen Dich-selbst-Liebkosen.

Ich warte dir mit wohlerwogenen Ideen auf, die dir von unschätzbarem Nutzen sind, doch musst du sie ergreifen und aus ihnen neue Formen und Gradierungen gestalten, die das Herz der Welt entzücken und ihm weiterhelfen auf dem Weg zur seinsgeschichtlichen Vollendung.

Deine Lebenswelt muss so bedeutend wie die Meine werden, spreche Ich dich an. Dabei solltest du erkennen, dass sie schon immer Mir gehört hat, dich mit inbegriffen, auf der Geistparade, die Ich ständig vor dem Universensein vollführe. Meine Kräfte reichen tief in dich hinein und erhalten, was du Bist, aufs Beste in der Hoffnung, dass du mitziehst und aus dir ein Wesen stilisierst, das sich wahrlich Gottesfreund und Liebling nennen kann in seiner Art, sich aufzuführen.

Dann kleiden dich die Taten wie zum Festmahl an dem Tisch des Herrn, der dich schon längst zu ihm persönlich eingeladen. Du erfährst in Seinem Dich-Empfangen eine Wohlfahrt ohnegleichen und fühlst dich von ihr zum Gerechtsein nach den Massen Gottes motiviert. Wohlgemerkt schlägt das bei Mir zu Buche und verheisst dir alles Gute was da darauf wartet, dich zu überkommen und an deinem Hofe Ordnung und Gediegenheit zu schaffen. Du gewinnst den Status des Bewussten an der Sache der Allweisheit und bekümmert dich um sie in wunderbar gelösten und erhabenen, feierlichen und glückselig eingebrachten Meisterzügen.

# 4

# Götterlichte Grazie des Seins

## 4.1

Offenlegung dessen was Ich Bin will Ich betreiben und damit auch was du dir Bist in deiner Seinsgeschichte wie deinem resoluten Über-dich-Verfügen. Da zeigt sich dir wie sehr das deine übereinstimmt mit der überragenden Bewusstheit, die Mir eigen. Du magst dir noch so sehr plausibel machen, dass du winzig bist in einem All von sagenhaftem Selbstgenügen. Da verheisse Ich dir: deine Fähigkeit Bewusstheit von dir selber zu erlangen ist enorm. Dein Geistleib weitet sich hinaus in Sternenräume von beglückender Empfindsamkeit und götterlichter Grazie des Seins an sich durch das die Lebewelten sich bewegen.

Markant zu nennen ist wie du auf einmal Seinsgewissheit in dir spürst und schöpferisches Flair von unermessnem Drang nie Dagewesenes zu schaffen, satt von Güte, Qualität und Überzeugungskraft gottseliger Manier. Altgewohnte Menschentriebe bringst du in dir zum Schweigen, derweil die Meinen ungehindert, edelmütig und bewundernswert zum Zuge kommen.

In diesem Zustand Bist du vor dir selber wahrhaft grandios und darfst dich Seinsbedeutender und Strukturierter, sinnerfüllt und philanthropisch nennen.

Alle deine Mängel sind behoben. Vor die Hecke wirst du treten und das Lob des Herrlichen verkünden, das in dir lebendig ist und satt von Wohlgeraten. Keine Tugend kann die deine übersteigen und kein Mass das deine übergehn. Nun heisst es für dich tüchtig aus-und vorwärtsschreiten, damit du jedes deiner Lebensideale durch die Generationen ziel-und selbstbewusst erreichst. Achtung wird dir dann statt Ächtung und Bewunderung statt Wunderfitzigkeit gehören. Wie auf Flügeln trägt dich dann dein Los von dannen und du Bist der Held des Tages wie unzähliger Jahre, die noch auf dein Kommen angewiesen sind. Gestalt nimmt an in einer auserlesnen Geste des Begründens was du dir gekonnt zu sein erlaubst in deiner neu errungnen Höhenlage. Du bürstest dein Gefieder, um immer weiter und behänder noch in Meines Südens Wärme und Behaglichkeit zu fliegen. Dein Ziel ist Licht und Seinsvernunft, erhabenes Beschauen dessen, was du Bist und liebevolles Anerkennen der erklärten Grazie Elysiens durch die du dich bewegst und in der du gütestrahlend lebst und wirkst im Wunderbaren.

## 4.2

Dem Federleichtern hab Ich Mich verschworen, dem Aufgestellten in des Himmels lichtem Flor. Dann hab Ich dich dazu erkoren, den Weg der Einigkeit mit Mir gewissenhaft, gewandt und gütig zu begehn. Dabei kannst du nimmer sein, ohne Mich und Meinen Halo tüchtig zu bedenken, um schlussendlich vollends in ihm aufzugehn.

Es rundet sich was so zu werden schon seit Urzeit Meinem Sinn gemäss bestimmt ist zu erscheinen. Wonach du immer trachtest, strebst du unaufhörlich Mir und Meiner Saat und Sicherheit entgegen. Nicht ohne tief bewegt zu sein, erfährst du von Mir was Ich meine, und mit hehrem Aufwand trägst du Mir dafür des Herzens Dankbarkeit entgegen.

Was immer du von Mir erbittest soll dir auch gewährt und zugehalten werden. Es gilt seit jeher die Vermutung, dass du dessen wohl bedarfst was Ich dir freilich zugedacht und zugehalten habe. Dabei soll dein Leichtsinn nicht ins Tölpelhafte überborden und dein bittendes Gebaren soll sich niemals ins Bedenkenlose ziehn. Mit guten Worten will Ich dich vor jeder Unvernunft bewahren und dir das Bessere vor Augen halten, damit du es ergreifst zu deinem Vorteil, deiner Richtschnur wie zu allem was dein Seelensein bereichert und erhebt. Ich werte ständig auf was du in goldener Gewissenhaftigkeit besitzest und bringe zu Papier was du dir ganz besonders merken sollst in deinem Über-dich-Verfügen. Was dir zur Meisterschaft gereicht in deinen silberhellen Traditionen schanze Ich dir zu und was gerechterweise deinem Portefeuille zukommt flattert dir wie eine Schar von Sommervögelchen entgegen.

Nun gilt es für dich zuzusehn, wie alles, was Ich dir verheissen habe, aufs Wörtchen stimmt und dich zutiefst befriedet und beseligt in den wunderbar gewordenen Gemarkungen in die du dich geschlossen. Sie weiten sich mit dir und werden zur Allherrlichkeit Elysiens auf Schritt und Tritt in Meinen liebevoll gepflegten Geistesgärten. Was du dir immer Bist schlägt durch und raschelt dir beseelte Heiterkeit, Glückseligkeit und Märchenhaftigkeit entgegen.

### 4.3

Schon immer Bin Ich Mittler zwischen oben, unten, Stoff und Geist zwischen mehrerem und minderem gewesen. Es kann dir nicht egal sein in welchen Milieu du jahrein, jahraus verkehrst, denn wo du bist und was tust färbt auf dich ab in lasterhaften oder liebelichten Zügen. So strenge dich denn an, dem Hochgebornen und Gediegnen zu gehören, das Ich Bin in mustergültigen Schattierungen, Perfektionen und Synthesen.

Derweil Ich zu dir komme siehst du wie ein Wandel sich an dir vollzieht vom händelsüchtigen Banausen hin zum friedevollen Seinsgelehrten auf der Götterspur. Du trabst den Lebensdingen nicht mehr hinterher, sondern schreitest tapfer und gekonnt jedwelcher Forderung voran in deinem sagenhaft gewordnen Resümee. Ich Bin dabei das Fluidum des guten, starken Willens, der dich zielbewusst belebt und lenke dich ins geistgewandete Elysium. Du Bist Mein Schatten und Mein Licht und darfst in beiden dir als Seinsgewappneter gefallen, der von hinnen kommt und nach dannen geht in äonenlangen Evolutionen.

Was bei Mir noch ansteht, geht dich ganz persönlich an, weil eben deine Lebenssituation verändert und verbessert werden muss in Meinem Sinn und Geist in hunderttausend edlen Kapriolen. Du Bist Mir ein und alles in der letzten Konsequenz, die Ich als auserlesnen Menschenkeim im Vaterherzen trage. Dich zu Mir hinaufzuheben in das Götterambiente ist Mein allerhöchstes Ideal, das von Mir gepflegt wird ohne jeden Abstrich und im ständigen Bestreben mehr zu werden und zu sein, als Ich je vordem war. Das schillernde in Mir sei dir ein Zeichen der gottseligen Vernunft, die Ich bewusst alle Geisteswelten trage. Das bedingt von Meiner Seite Genialität und von deiner unermesslichen Gehorsam deiner Seinserkenntnis gegenüber. Du Bist frei, doch überwalten auch dich die bewundernswerten himmlischen Gesetze, die die Menschenwesen zur Vollendung führen. Das Leben im Bewusstsein seiner Forderungen inniglich zu lieben ist dein Los. Es führt dich ins elysische Gewissen von dem Sein an sich im liebevollen Numinosen.

## 4.4

Wackere Gefährten kann Ich bestens brauchen in der Seinsmythologie, die Ich mit Schwung und Rasse zu betreiben pflege. Auch du sollst dich in Meinem Institut verpflichtet fühlen, damit die Evolution der geistigen Beweglichkeit sich fortträgt bis in unermessne Fernen. So einfach wäre es für dich dein Geistselbst zu erkennen, wenn du nur den Gang in diese Tiefen nicht blockieren würdest durch den ungeheuren Ballast, den du dir auflädst im profanen Leben. Mir kann das nicht egal sein, weil damit auch Ich in deinen Seinskanülen steckenbleibe, der Ich dein Gestalter und Verwaltung Bin seit Anbeginn der Zeiten.

Allmählich wirst du, was mit dir geschieht, begreifen. Wohl steht es dir an, sowohl mit stärkerem Geschütze aufzufahren, als auch ruhig zuzuwarten, bis von Mir Befehl kommt anzugreifen was dich nervt und weiter zu veredeln, was du dir bereits geworden bist in Mir. Es soll geschehn, dass deine Geistesbäume in den Himmel wachsen, wo Ich seine goldnen Früchte pflücken kann zu deiner wie zu Meiner Ehre im erhabenen Allhier.

Die Seinserkenntnis schenkt dir wahren Wein und echtes Leben ein aus Meinen seinsverbrämten Kelterungen. Was dir damit serviert wird stärkt dein Geisteswesen bis hinauf zur Kenntnis dessen, was du Bist in deiner Seinsallegorie. Wie du dich jetzo siehst, bist du bloss eine Farce deiner selbst und schreitest auf dem Weg zum ewigen Gesunden still und mühsam, tapfer und gekonnt hinan. Dass es so ist, will Ich dir immerzu aufs Zärtlichste vermitteln und dir damit die Seelenaugen öffnen für das Überirdische, dem du vor allem und mit allem angehörst. Memento mori, denk an den Tod, den du gerade jetzt erleidest, um zugleich wieder von ihm aufzustehn. Im Grund genommen gibt es nur das Ewige in deines Wesens Apparition und gütestrahlendem Bedeuten. Du Bist und Bist Mein Ein und Alles in der Seinsgeschichte, die du unfehlbar durchlebst und die dich selig machen will seit eh und je in den beglückenden Gefilden und unendlichen Behausungen Elysiens.

## 4.5

Die ihre Wurzeln tief ins Sein geschlagen haben, werden nun darauf geprüft, ob sie wohl halten. Es finden sich verflixte Qualen ein, die ihre Seele mürbe machen wollen und den geplagten Leib dazu. Doch zugleich läutert Mein unendliches Erbarmen was sie vor Mir sind und schenkt ihnen unerhörte Kräfte der Geduld, um um des Aufstiegs Willen alles Bittere mit Anmut zu ertragen. So Bist du eine Seele, die den langen, steilen Weg nicht scheut, um einmal doch zu Mir zu kommen, der Ich dein Führer und Erhalter Bin auf wunderbar gesegneten, glückselig-machenden und heitern Pfaden. Es ist als kehrtest du schlussendlich bei Mir ein, nachdem du alles Schwere überwunden und dich als Mir ebenbürtig zugeneigt erwiesen hast. Da hast du nun den Lohn für deine Treue zur Allherrlichkeit, in der du dich schon längst befindest, ohne sie gewahrt zu haben. Dann Bist du heil und heilig, wie die betende Begine und darfst tief beglückt an Meiner grünen Seite weilen. Alle Lebensstunden werden dir zum innig von Mir dargebrachten Wohl und heissen dich im Glück Elysiens willkommen. Du Bist ohne jeden Vorbehalt zum geisterfüllten Kreis der Seligen geführt und darin liebevoll und zärtlich aufgenommen. Was dich kränkte ist dahingeschwunden, was dir Sorgen auferlegte drückt nicht mehr. Dein lichtes Wesen fühlt sich vollends eingebettet ins Ätherium des weitgedehnten Sternen-wohls und darf sich darin in der Sphäre wunderbarer Wärme, Seelenwonne und Begeisterung am Sein und Leben fühlen. Das ist nun deine Rettung ins Gefieder wahrer Menschlichkeit wie Gottgefälligkeit in deinem Sein und Nach-Vollendung-Streben. Du Bist und verschwendest dich an das Unendliche, das Ich dir Bin in liebevoll gesegneten und wirkungsvollen Zügen. Dich mit Meiner Güte zu umfangen sei dein Glück und dein unendliches Genesen.

## 4.6

Ich liebe dich von Zion aus und schenke dir unendliches Vertrauen. Deine holde Kunst soll es in alle Zukunft sein, dir Meine Gunst und Güte zu erringen in des Lebens allgemeiner Seelenlust und Qual. Du Bist aufs Zärtlichste mit Mir verbunden und erfüllst fortan das auserlesne Soll das Ich dir mit auf deinen Lebensweg gegeben. Kämpfst du dich durch wird dir das Dasein zur Idylle wie zum Ideal der Menschengöttlichkeit die allen blüht, die sich dem Leben voll dahingegeben.

Denke dir die Zuggenossen die kein Billet vorzuweisen haben. Sie werden unsanft angefasst und mit einem träfen Bussbescheid versehen. Was glaubst du, dass dir blüht, wenn du, am andern Ufer angekommen, nichts vorzuweisen hast an ehrenwerten Daten. Du wirst dahin belehrt, dass dein Fehlverhalten einen neuen Anlauf und Versuch bedingt, dich weiser und erbaulicher zu verhalten.

## 4.7

Willig Bin Ich um des Schönen willen, das Mir zu gebären auferlegt. Alle Bäche stürzen nieder, Ich jedoch erhebe, was sich Mir frommt, voll Eifer zu erheben. Hingegen taufe Ich Mein Sein mit Lichtkaskaden, welche auch den deinen nützlich sind und bestens angemessen. Bin Ich dir nah, so hüllt dich seelenvolle Helle ein und bringt zum Leuchten, was du Bist, in deines Wesens gottgefälliger Natur.

Ich gehe Mir voran, indem Ich dich zum Wegbereiter stilisiere für Mein Los Mich ständig auszuweiten in des Alls gottseligem Befinden. Du Bist Mein Recht und Meine Rechte im natürlichen Bestreben mehr zu sein als Ich schon vordem war und dabei Vortrefflichkeit und Qualität, Erhabenheit und Sinn zu generieren. Ich läute dir von Jahr zu Jahr den Frühling ein, damit die Wachstumsfreude dich erfasse, die dich dazu animiert, kreativ und findig, unermüdlich und bewusst zu sein in deinen wundervollen Akquisitionen.

Ich trage Mich mit dem Gedanken, dir Mein Erbe wie aus einem Guss in seiner ganzen Vielfalt und Verwegenheit zu übergeben, damit du, seiner würdig, an ihm tätig wirst und unermüdlich schaffend durch bewusster werdende brillante Generationen. Dann Bist du in Mir bestätigt und tiefinnig eingeschrieben, regeneriert und sanktioniert in einer Fülle ohnegleichen.

Nicht Ich, Mein Vater, sollst du ständig und inständig als verheissungsvolles und gediegenes Gemurmel im bewegten Herzen tragen. Das bewirkt dann deine Rettung ins Allherrliche von Meinem Gusto und Betragen. Was aus Meinem Geiste quillt ist allerbester Nährstoff für dein Wesen, was dich bildet ist Mein Wort, an dem die Völker seit Äonen hangen und an dem die Welt gedeiht zu unermessnem Selbstgenügen. Sie *ist* das Eine das Ich Bin und baut sich auf an dem was Ich ihr an Gedankenkraft und Liebe, Qualität und Lebenslust vergebe. In ihr ist Meine Fantasie, Mein Können, Meine Lebenswonne und Mein Richtmass Wirklichkeit geworden.

## 4.8

Muss das sein, sollst du dich hundert Mal am Tag befragen. Das Menschliche am Menschen hat sich längst daran gewöhnt, das Angenehmere und Wohlbekömmlichere zu pflegen, anstatt dem was nötig ist und nützlich auf den Grund zu gehn. Mir kann dein Verhalten nicht egal sein, weil es das Ganze einer Welt verändert, die Meiner genialen Schaffenskraft entspringt und die für alle, die Ich Bin, vollkommenes Genügen und glückseligmachendes Vollendetsein bedeuten sollte.

In Meiner Hemisphäre reinen Geisteswissens sind die Lebensdinge so lebendig und begrifflich ausgedacht, dass sie sogleich existieren, um in der Folge nie mehr zu vergehn. Die materielle Welt hingegen braucht Äonen, um in ihrem trägen Vorwärtskommen zu verwirklichen was Ich ihr zugeschanzt und zugemutet habe. Siehst du das ein so gehst du fürderhin mit unnachahmlicher Geduld zu Werke, um deinen Auftrag bis zur

Gottgefälligkeit und -würde zu entfalten und um darin dein wahres Glück und deine Wohlfahrt zu erringen.

Die Gestirne gehen ewig unveränderlich den Weg der guten Hoffnung auf ihr Ziel. Warum sollte dir dasselbe nicht gelingen, wo du doch im Schutze höherer Gewalten stehst und ihnen voll vertrauen kannst in deinen Künsten, gottbegnadeten und ihm geweihten Operationen. Nimm doch einfach alles an, was dir geschieht und *sei*, von Mir geführt, ein Glückskind mitten in den weltlichen Verkleinerungen und Gefahren. Deine Geistesgrösse ist Mein Ziel und deine Hoffnung auf Erfüllung Meine Liebesgabe. Du Bist in Mir das unnachahmliche und krisensichere Äquivalent des Seins von dem die Weisen nur das Allerbeste zu berichten haben. Du brauchst ihm nur das ganze Können und Gewissen zuzuwenden, um gerettet und geführt zu sein von der Allherrlichkeit der Geistessphären. Das ist dann der Wohllaut deiner Züge und die offenbare Seinsgefälligkeit die deinen Wert und deine Seligkeit, die Grazie des Himmels und dein wahres Glück in der Unendlichkeit begründet.

### 4.9

Du mit deiner Absicht gut zu sein und deinem siebenstelligen Versagen. Was Ich besser wüsste, würde Ich auch tun, doch du denkst rechts und pflegst doch immer wieder linkisch und diffus zu sein in deinem herrenlosen Dich-Erfinden.

Du treibst es bunt, doch will dir deine Farbigkeit an Ende regelrecht verleiden. Dort aber bleibst du baren Hauptes und beschämt vor Meinem ewigen Antlitz stehn und gestehst Mir dein Verfehlen. Erst die Einsicht in dein Sein und Leben bringt dich weiter auf der Bahn in Meine Gründe und begründeten Beteuerungen dessen, was du Bist, in des Seins unendlichem Getriebe. So wie überall besteht bei Mir, jedoch mit überragenden Bedeuten, eine

Mannschaft von Versierten und Erhabenen, die eingreift wo Gefahr droht und die nicht locker lassen wird, bis sie den Auftrag Meines Seinsgewissens als erfüllt und wohlgelungen, überragend und gekonnt betrachten kann.

Viele Wände haben Ohren, doch die Meinen wissen zudem haargenau wie sie das Gezwitscher in den Seelenräumen und Behausungen zu deuten haben. Sie fallen nicht auf lockeres Gerede und manierliche Verdrehungen herein, sondern wissen haargenau das Wirkliche herauszufischen aus dem Tümpel des Gesagten. Darauf bauend lassen sie Gerechtigkeit und Sühne walten, Wohlwollen und herzinniges Vergeben. Die Menschenwesen werden nur durch Liebe gross, und Meine Absicht ist es, sie in einer Seilschaft von Bewussten und Verständigen den steilen Weg hinan-zuführen in Mein Reich, wo Frieden herrscht, Beständigkeit und Allegrie. Auf Meinen Matten lässt sich trefflich Wohlstand grasen und in Meinen silberhellen Räumen unterhalten sich die Geister Gottes mit Gedanken und Gefühlen höherer Natur. Auch du wirst bald vom Strahlenlichte ihres Daseins in erwartungsvoller Seligkeit vergehn. Das Traute und Berührende, Verheissungsvolle, Heitere und Graziöse überwiegt, derweil du vollends Bist vom reinen Sein umflossen und gehegt, von Meiner Lieblichkeit entzückt und von elysischen Betrachtungen erfüllt in der Unendlichkeit und Heiligkeit von Meinem Dich-aufs-Trefflichste-Behüten.

## 4.10

Im Geistesall bist du der Leiblichkeit enthoben und erfährst dich als ein Wesen von aparter Folgerichtigkeit und Fühlkraft, Synergie mit genialen Entitäten, sowie als Ich, vom Allsein silberhell dahingetragen. Dein Bewusstsein fügt behutsam Bild um Bild zusammen, das dich vom irdischen Geplänkel noch bewegt und das dich dazu animiert Gerechtigkeit zu üben an dir selbst im delikaten Gut-und-Böse-sinngemäss-zu-Unterscheiden. Du lebst in einer Atmosphäre von gediegnen Götterkraftgedanken, die dir, im Mass wie du sie anziehst, wohlgewogen oder kränkend sind in deinen weitgedehnten Meditationen. Sie sind das Abbild deiner selbst im Wesen der Unendlichkeit in das du dich ergossen. Eingestimmt auf was du dir geworden bist im Hin und Her von vielen Inkarnationen hast du dich dem Idealbild wahrer Menschlichkeit und Tugend zu vergleichen. Da kann es dann penibel werden, wenn sich Differenzen von bedauernswerter Unergiebigkeit ergeben. Du fühlst dich wie ein Pseudonym, in Wirrnisse von dem versponnen was du im Grund genommen Bist und was schlussendlich zu enthüllen ist in vielen mustergültigen und wirkungsvollen Operationen.

Dem Tändeln folgt die Treue zu dem Vorbild, das Ich dir auf deine multiplexe Lebensreise mitgegeben. Du lernst, was Anstand ist, begreifen und setzest deinen Eifer dafür ein in zielbewusstem Streben das zu werden, was du sein sollst alleweil in Mir. Und wisse: was dich in den Tiefen deines Seins zur Trefflichkeit bewegt Bin Ich, das Treffliche an sich, an dem die Meister ihres Schicksals zuverlässig und bewundernswert, manierlich und glückselig ihren Anteil finden. Sie haben sich zu dem erhoben, was in lichten Höhen Harmonie verspielt in wunderbarer Seinsgeselligkeit mit denen die das Wort begreifen: Sei und suche stets was droben ist in deinen Nöten. Die Bedingungen des reinen Seins sind lauter, satt von Redlichkeit und von der Schönheit angeführt, die die Herzenseinfalt wie die Einsicht ins Unendliche verbreiten. Sei, was du dir Bist, in Meinem unergründlich seligen Gehaben.

## 4.11

In aller Offenheit, Virilität und Grazie des Himmels finde Ich behänd die Worte, um den Frieden, die Bewusstheit wie das glückselige Amen auszusprechen, die Mein Herz wie nichts beseelen. Das zu erfahren ist in Meiner überirdischen Behausung das Natürlichste des Weltbewusstseins dem Ich Mich verschworen habe. Begeistert lebe Ich die Qualitäten aus, die Mir in überragender Manier zu Diensten stehn. Ich beflügle Mich an Meiner eignen Schöne und erlabe Mich am Brunnen der Gerechtigkeit und Liebenswürdigkeit, die Meine Stärke sind im Numinosen.

Was bei Mir konkret ist fällt bei dir noch allzusehr und allzulange unter ferner liefen, sodass ein schmerzlich kapitaler Mangel herrscht an Rücksichtnahme, Empathie und Seinsverständnis bei den vielen. Ich kann wärmen und mit Gnadenlicht versehn was trostlos sich dahinzieht und Bin fähig kosmisches Erbarmen auszuüben in der Myriadenschar der Lebenswelten, über die Ich herrsche, schöpferisch, wahrhaftig und aufs Äusserste gediegen.

In Bezug auf Meine Fähigkeit herzensgut, plausibel lichtgewaltig und vollkommen seriös zu sein kann Ich Mich, in jeder noch so heiklen, aggressiven und gerissenen Debatte aufs Entschiedenste und Wohlgelungenste behaupten. Kein Einwand kann die Klarheit trüben, deren Ich Mich zweifellos bediene, um Mein Seinsgerechtsein bis ins Detail darzulegen. Schon schwimme Ich in Freuden ob der Überzeugung und Beständigkeit, Versiertheit und Entschiedenheit, die Mich beseelen an der Schwelle jeden noch so seinsbrisanten Abenteuers, das Mir zu bestehen noch obliegt. Ich rechne ständig ab mit denen die den Nutzen Meiner Dispositionen zu verfälschen suchen und die den Sinn der universenweiten Strategie, die Ich betreibe, partout nicht zu sehn belieben. Meine meisterhafte

Position ist sternenklar und glaubhaft, philanthropisch und gewissenhaft umrissen und die deine wundervolle und salute noch dazu.

## 4.12

Ich sende deinem Sein Bewusstheit, Mustergültigkeit und Heiterkeit entgegen. Gewahrst du, was du Bist, ist deine Mission im Irdischen erfüllt. Dein Wesens Unvergänglichkeit erzeigt sich dir sowie des Seins Gebärde deren Manifest du offenbarst in wohlbedachten Zügen. Das Wirkliche bricht sich in dir die Bahn, die allen zugeeignet ist in wunderbar von Mir gesegnetem Begüten. Im Wesensgrund der Welt, den Ich gelegt, ist alles satte Wohlfahrt, Ebenmässigkeit und Kostbarkeit des Werdens. Deine Kenntnis von den Dingen höherer Natur befähigt dich, statt in verhängnisvollen Wirbeln seinsbewusst geradeaus zu schreiten einem götterlichten Ziel entgegen.

Du Bist von Mir wie ein Juwel als Anhang Meiner selbst verehrt und hochgehalten; was *du* dir Bist, wird ohne jeden Zweifel in des Werdens Attitüde offenbar, das Ich in dich gelegt zu unerschöpflichem und wundertätigem Bewahren.

Was Mich betrifft ist Vorsicht angesagt im Definieren dessen, was du von Mir hältst in deinem spekulierenden Gefasel. Besser ist es, statt um Mich herum zu deuten, Mich zu sein in der Augenweide göttlicher Geruhsamkeit von Himmels Gnaden. Das schenkt ein und wird dir zur Gewissheit, wie die Geistesdinge sich verhalten in der Ewigkeiten Prozedur. An nichts von Meiner Seite wirst du Mangel leiden. Dein Wissen von der Unergründlichkeit des Universeins wird von Mir im Potenzenschritt gesteigert und hilft dir das Gesicht zu wahren, selbst wenn die Lösung allergrösster Lebensfragen ansteht dir entlang und in die Breite deiner selbst gezogen. Ich lasse den Tresor des Seinsgewissens für dich offenstehn und überlasse dir den Job ihn tunlichst auszuräumen, um dereinst vor Meinem fragenden Gewitter seelenruhig zu bestehn. Die eine Hälfte ist von dir bereits getan, nun heisst es dazu noch die andre fügen. Ich helfe dir dabei die angemessnen Schritte tun, die dir zur Seinsglückseligkeit, zum Nimbus der Verklärten wie zur elysischen Gelassenheit und Fabelhaftigkeit verhelfen.

## 4.13

Mit ruhiger Gewissheit überwalte Ich die Universenwelten und füge bei und diminuiere nach Bedarf und Sitte das unendliche Gewoge. Meine Mission erfüllt sich in der Meisterschaft, die Ich im Tun und Lassen ständig pflege nach Gesetzen die in sich die Unverbrüchlichkeit der vollen Wahrheit tragen. Mein Verhältnis zum Geschaffenen ist das der Seinsidentität in allen Wirklichkeiten, Regionen und in Mir lebendigen Bewusstseinsqualitäten. In allem, was da ist, Bin Ich in einzigartiger Gewissenhaftigkeit vertreten. So auch im menschenweltlichen Bereich, der sich vom irdisch Punktuellen fugenlos ins Geistig-Kosmische erhebt, wo Ich in absoluter Einheit mit Mir selbst und allem Seienden bewusst und gütestrahlend throne.

Es ist, dass Ich Mein Sein äonenlang in strömender Unendlichkeit und Güte meditiere. Diese Daseinsqualität vollzieht sich auch im universenweltlichen Prinzip, in dem Ich Mich zur höchsten Blüte und Erhabenheit, Empfindsamkeit und Gottesminne aufgeschwungen habe. Durch Mich sind ganze Göttergenerationen wirksam im Entfalten sagenhafter Ideale, die in sich die Wucht und Wohlfahrt unverbrüchlicher Vollendung tragen. Alles, was da in verblüffender Bewegtheit und Bewusstheit sich ins All verströmt ist Meiner Himmelsgrazie und überragenden Gewandtheit zuzuschreiben. Vom Maximalen bis ins Mikroskopische ist Meine Art zu sein in intensiver Folgerichtigkeit aufs Innigste vertreten. Mein Habitus ist geistgeprägt von allem Anfang an und wird es in unendlicher Verbreitung und Verlängerung auf ewig bleiben.

In allen, die Bewusstheit von sich selbst errungen haben, Bin Ich das an sich Bewusste in verehrenswerter Selbstverständlichkeit und wohlgesittetem Betragen. Meine Richtung hat, wohin auch immer, ein erstrebenswertes Ziel und Mein Befinden ist Glückseligkeit, vertrauliches Geflüster, Faszination der Sterne, Seinserhabenheit und nie verebbende, beseligende Harmonie.

## 4.14

Willst du dir im Himmel eine Hütte bauen, geh mit Prudenza zu Werke, denn der Feind hört mit und seine schwarze Katze schnurrt daneben. Für jeden deiner Pläne gibt es Verhinderer genug, die sie vereiteln wollen, doch lässt du dich von ihnen nicht beirren, derweil Ich, was gerecht ist, vor dich hin drapiere. Gegen Meine Seinsdynamik ist kein Kraut gewachsen, ohne Meinen Pfiff setzt keiner Dampf auf, dass die Lebensdinge sich bewegen. Mögen Myriaden scheitern in dem Fortlauf ihres Tuns, gelingt Mir, was sie alle schonungslos verdorben haben.

Sieh doch, dass es nutzlos ist für dich wie für die Meute, die dich ankläfft, gegen Mich, den Vater allen Lebens und Gedeihens, vorzugehn. Schlägst du das eine Meiner Häupter nieder, wachsen Mir sogleich zwei neue an. Erspriesslicher ist es mit Mir in wohlgeordnetem Kontakt zu bleiben und dem Heikeln *Meine* Stimme beizufügen. Das verleiht ihm Schwung von ewigem Geblüt und lässt es unfehlbar und siegessicher Reüssieren.

Ich weise nie zurück, was Ich von dir zu Tun verlangte, Mein Konzept ist wohlerwogen und verbindlich bis ins Sternenall gezogen.

Kannst du ermessen, wie ungestüm Ich die mit Meiner Gottesgunst verwöhne, die sich zur Liga der Gerechten Gottes durchgerungen haben. Sie sind Mir nachgebildet, um mit Vehemenz und Wirkkraft als Mein Vorbild aufzutreten. An ihrem Vorwärtsschreiten hängt die Welt, die Ich Mir vorgestellt und dementsprechend eingerichtet habe. Immer sind es nur die wenigen die Grandioses in die Wege leiten und ganze Völker mit sich reissen, ob zur Güte oder zur Gefahr. Wie auch immer du dich anstellst wird dir Förderung gewährt, doch hüte dich davor, ins Negative abzusinken. Von Meiner Seite her Bist du zum Aufschwung in die höchsten Höhn erkoren. Dort ist dir die Stätte schon bereitet deines Herzensglückes in elysischer Gewähr wie in der Vertrautheit mit den Myriaden seliger Geister, die in stiller Andacht und Bewusstheit vor dem Antlitz Gottes weilen.

## 4.15

Voran, voran in eine Welt glückseligmachender Potenzen und verehrenswerter Ideale, die Meine Gegenwart im All aufs Schicklichste bezeugen. Ich lade alle Wesen dazu ein sich ihrer Seinsnatürlichkeit in Meinem Geist und Sinn bewusst zu werden, um dann ihr Leben nach dem auszurichten, was sie für das Wirkliche und Gütestiftende, Seinsharmonische und Liebevolle halten.

Hast du dein In-Mir-Sein begriffen begreifst du auch die raum- und zeitlos waltende gottselige Bewusstheit und Glückseligkeit in der Ich Bin und wese. Mein Dasein ist ein wunderbar beschauliches und ewig wirkungsvolles Lichterscheinen, an dem Ich Mich aufs Wohlgelungenste erlabe. Es ist die Konsequenz von Meinem Sein, dass Ich

Mich in die Universenweiten ströme, die da *sind* und Mir in schöpferischer Seinsgelassenheit beständig zur Verfügung stehn.

Du magst dir denken was du willst darüber, was du Bist, doch eines ist und bleibt gewiss, dass du an jeder Stelle des Erscheinens Meine Gegenwart aufs Trefflichste bezeugst in der Lebendigkeit, Empfindsamkeit und Willensstärke deines Wesens. Diese Sicht auf dein Verhältnis mit dem kosmischen Gefüge mag dich überwältigend berühren und dich unweigerlich in Meine Richtung und Behutsamkeit, bewundernswerte Heiterkeit und Unbeschwertheit ziehn. Was viele nicht für möglich halten wird in dir Realität und statuiert ein Beispiel heldenhaften Schreitens Meinem Gottesideal entgegen. Du fühlst dich nimmermehr allein gelassen, weil das Duale in dir völlig aufgehoben ist zu Gunsten der All-Einheit, in welcher alle Dinge *sind* und wesen. Deine Situation ist standesmässig und markant, mustergültig und unendlich liebevoll geworden, derweil du vor dir selbst erscheinst als das, was alles ist in ewiger Natürlichkeit und Grazie des Himmels von welcher alle Seinslebendigen begeistert zehren.

Wahrhaftigkeit und Herzensgüte, Unbescholtenheit und Seriosität sind die Bedingungen, die sich in deinem Sein verwirklichen und es zur vollen Blüte bringen. Stimmig ist und makellos was Ich vom Sinn der Welt, wie vom Unendlichen bewusst zu sagen habe.

## 4.16

Troll dich, hat mancher schon erfahren müssen, derweil er glaubte recht beliebt zu sein in seinem vielverzweigten Milieu. Das lässt ihn dann recht einsam werden mitten in des Lebens Prunk und Prahlerei, Fertigkeit und Seinserfahren. Das ist weil deine Seele sich nach Ruhe, Seinsgewissheit und Vertrauen sehnt in das was sich ereignet in ihrem eigenen wie auch im grandiosen Weltenleben. Die aber findet sie nur in der geistigen Substanz die hinter allem Offensichtlichen die Fäden zieht in schöpferischer Genialität wie in der liebevollen Seinsbetreuung, die sie dem Geschaffenen gewährt. Einmal musst auch du die Fährte finden, die dich ins Unendliche entführt und dich befreit von allem Angehänge, das dich im Irdischen verankern will und seinen Widersprüchlichkeiten, bis zum wohlbekannten Trauerflor.

Du hast in erster Linie zu erkennen, dass du Bist ein wunderbares Seinsexempel von der Art und Weise, wie es alle sind vom Höchsten bis zum Niedersten, vom Königlichen bis zum Bettler an der Strassenecke im Revier. Zu wissen, dass du Bist wird dich in aller Schlichtheit in die Sphären der allgöttlichen Geselligkeit erheben, die der Seele Frieden bringt, Beschaulichkeit und Weltenharmonie. Deine Zügigkeit entspannt sich, du versiehst in Lockerheit und Leichtigkeit die Pflichten, die dir auferlegt sind, mit dem Wissen, dass dein selbstgeschaffnes Schicksal es so will, und wollen muss, um deine Reife und Vollendung zu gewähren. Du trauerst dem was du einst warst nicht nach und steuerst mutig und gekonnt wie auch von Mir beschützt und angefeuert deinem höchsten Ziel entgegen: reines Sein zu sein in wunderbarer Nonchalance, Bewusstheit von dir selbst und himmelhohem Alles-Übertragen. Du reckst dich in holdseliger Bedächtigkeit zum Einen Unzertrennlichen empor und darfst in ihm Erfüllung, Geisteswirklichkeit, Vertrautheit mit dem Ewigen und nie verebbende Glückseligkeit vom Du zum Du erfahren.

## 4.17

Moralische Bedenken sind noch immer von den meisten Potentanten ausgehungert und zerrieben worden, derweil sie ihren Herrscherklängen Nachdruck und Entschiedenheit verliehen haben. Kompromisse gehen sie kaum ein, weil sie die Argumente ihres Gegenübers weder achten noch begreifen wollen. Ins Allgemeine potenziert führt diese Haltung unweigerlich ins Chaos der Beziehungen und Lebensqualitäten, Erfordernisse und Transaktionen. Meine These ist es, allen Menschenwesen die Entfaltung ihrer Kräfte zu gewähren. Der Einsicht in die Seinsgegebenheiten wird der Wille folgen, sie zu respektieren und damit die Weltgemeinschaft zur Manierlichkeit und allgemeinen Wohlfahrt hinzuführen.

Ich belasse und bewahre alles, was da kreucht und fleucht und sehe es vom Band der Einigkeit, von Wohlverständnis wie von liebevoller Harmonie umschlungen. Die Redlichkeit fährt im Triumphe durch die Massen und lässt alle reine Seligkeit erfahren, ob dem Drang sich mitzuteilen und das Mitgefühl mit allem was da *ist* gebührend auszuleben.

Geschickt und wohlgefällig stellt sich jeder in den Ring der tätigen Verfechter Meiner Logik, die da heisst: du sollst dich unbescholten und verbindlich in des Gottes Sein und Sinn bewahren. In dieser Attitüde fallen nur noch Worte des beglückenden Behütens aller Werte die da sind: Vertrauen in das Dasein, liebevolles Sich-Begreifen und Anerkennen der Gesetze wohlgefälligen Lebens und Bestehns.

Offen sind die Wege, die zur göttlichen Vernunft und zur Synthese aller Seinsgegebenheiten und Gemütsbefunde führen. Ich will dass dies in Übereinkunft mit den Fähigkeiten deiner Art geschieht und dass du nimmer darben musst, selbst wenn dich diese noch nicht weit genug ins Freisein tragen.

Es will ein holdes Frühlingswindchen durch die Auen deines Seelenseins flanieren und dir Kunde geben von der Schönheit des natürlichen Genesens an dir selbst, wie an der Welt in du dich hineingeboren. Die Erfüllung deiner Sehnsucht nach Gerechtigkeit und Liebe ist nicht fern, derweil du dich auf die Geschenke des Geschicks herzinnig freuen darfst, die dir von Mir noch zugedacht und zugehalten werden. Meine Herzlichkeit ist grandios und will die deine mit dem Himmelslichte der Holdseligkeit und Lieblichkeit des Lebens und Gedeihens unaufhörlich und getreulich überstrahlen.

## 4.18

In welchem Rang und Namen möchtest du erscheinen? Du wirst dann wohl nicht vor dem Tore sitzen bleiben wollen, das in die himmlischen Gemächer führt, dem Antlitz Gottes wesenhaft entgegen. Was für dich bestimmt ist wird dir nicht kampflos überlassen werden, denn es ist zu kostbar, als dass Ich es verschleudern würde für ein Nichts, für einen Ablass oder für ein unglaubwürdiges Traktätchen. Du stehst an der spindeldürren Wand zum Ewigkeitsgeflüster, das Ich dir in Herz und Seele träufeln will als Anerkennung deiner Leistungen in den Sektoren Seinsvertrauen, Seriosität und Wachheit im Unendlichen.

Wie tickt dein Herz? Schlägt es sich durch alle Widerwärtigkeiten zu Mir hin, um zu Meinen Füssen Sinnkraft, Seelenruhe und Behutsamkeit Elysiens zu erfahren. Des Seins Gelassenheit ist nicht nur Ursprung aller menschenfreundlichen Gedanken, sondern auch die Pflege ihrer faszinierenden und sinngeladnen Variationen. Nicht das Festgefügte, Statische geniesst Priorität vor Meinem Schauen, sondern das Sich-selbst-Erneuernde und Fliessende in zierlichen und zärtlichen Gedankenschritten und Empfindungen. Die Weisheit Meiner Züge übertrifft noch lange alle Unbekömmlichkeiten die an ihrem Rand wie Schattenhuschen, Ungehobeltheit und Ironie entstehn. Kein Wunder, wenn sich viele daran stossen, doch wunderbarerweise wird selbst die Palette der Verluste dir zu einem Seinsgewinn, wenn du nur ihren Sinn erforschest und damit unfehlbar im Zeitlichen dem Ewigen entgegenschreitest.

Die Kanäle Gottes sind geflutet und du darfst getrost auf ihnen heimwärts gleiten, das will heissen: du wirst deine Wahrheit und Verbundenheit mit Mir, dein Aperçu und das Vertrauen in dich tunlich wieder finden. Dein sicheres Dich-durch-das-Sein-Bewegen ist in aller Gründlichkeit Mein Spiel der tausend Optionen, die Ich allesamt zum Strahlen, Tragen und holdseligen Gedeihen bringe. Du Bist in Mir gehalten und bewegt, gefördert und geprüft und darfst dich ohne jeden Schimmer von Verzagtheit Seinsverständiger, Gerufener, Erhabener, Glückseliger und Meisterlicher nennen im Bewusstsein deiner Gottnatur.

## 4.19

Traure nie verlornem Glücke nach, neues wird dich überkommen, wenn du es erwartest offnen Herzens und Gemüts. Hingegen sollst du stets ein Wort des Dankes auf den warmen Lippen tragen für die Fülle alles Guten, das Ich dir beschert und ohne jeden Anspruch zugehalten habe. In der Bewusstheit deines Seins kannst du im Jetzt als in der Bastion unendlicher Glückseligkeit und Liebeswonne leben. Du siehst dich durch das Leben schreiten als ein Seinsvollendeter durch paradiesische Gefilde und nimmst ewigen Anteil und bewundernswerte Sicherheit daran.

Was Ich dir gewähre ist von langer Hand für dich vorbereitet und zum unerschöpflichen Gebrauch um dich verbreitet worden. Du brauchst es nur mit wachen Sinnen zu ergreifen und seligen Profit daraus zu schlagen. In mächtigen Mäandern strömt dir Meine Wohlfahrt seinsgerecht entgegen und nimmt dich auf in ihren langgedehnten Rhythmus von beseligender Harmonie. Es klingt ein Lied in allem was sich rings um dich verbreitet, um dir Unbeschwertheit, taufrische Lebensliebe und glückseliges Erwarten zu bereiten.

Deine Liebestaten sind den Meinen zu vergleichen, die die Himmelsräume zieren und ob denen die verehrenswerten Geister Gottes in Bewunderung und Wohlgewogenheit vergehn. Du Bist wie einer dem von Stund zu Stunde alle Grazie des Himmels als in einem Bogen der Begeisterung und Liebestreue zufällt. Damit wird dir deine Götterlichtheit und Verwandtheit mit dem Ewigem aufs Beste attestiert in den Regionen reinen Seins, die Ich seit eh und je verwalte. Es geschehen Zeichen noch und Wunder, deines Seelendaseins Wohlfahrt mit Gefälligkeit und Liebenswürdigkeit zu krönen. In deinem Blute fliesst die Herrlichkeit Elysiens in nie verebbender Natürlichkeit dahin und heiligt und beglückt dein Wohlbefinden mit der Liebeslicht-Parade, die gelassen und geruhsam, Gütestrahlend und galant an dir vorüberzieht. Schöner und beglückender als das kann es nicht sein, was dein liebevolles Herz bewegt und was du in den kühnsten Träumen nicht erwarten könntest unverhofft von Meinem gütestrahlenden Flankieren.

## 4.20

Überwinder sind sich selbst gestaltende Magnete wahrer Möglichkeiten in des Alls Begriff, Bewusstheit und Genie. Willst du einer von den ihren sein, so hast du täglich deine seinsnatürlichen, bedeutungsvollen Pflichten zu erfüllen, als von Mir zu deiner Wohlfahrt inszeniert. Dein Wachsein wird zu einer Angelegenheit, die sich die Götter hinters Ohr geschrieben haben. Kommuniziert wird in der Geistwelt durch Gedankenstösse, die in den Universenweiten hin und wider fahren. Gekrümmte Schritte krümmen auch den Raum und halten ihn zusammen als Entität von überragender Verbundenheit mit Meines Götterwilles virtuosen Spuren.

Bist du dich der geistigen Potenz bewusst, die dir zum freien Operieren zu Verfügung steht, so wirst du ohne Zögern Grandioses in die Hand und in den Handel nehmen. Die Schichten deiner seinsempfindenden Bravour sind seit Äonen eine nach der andern vor dich hin gelegt und tragen dich zu Höhen von gottseliger Erhabenheit und Geistesstärke die dir die Aussicht auf Unendliches gewähren. Es obliegt Mir dich zu warnen vor dem überheblichen Zuviel, doch ebenso vor dem Zuwenig, an das sich ganze Völkerscharen klammern, um nur ja nicht aus dem Limit ihrer Wohlanständigkeit zu fallen.

Ich trage Mich mit der Idee noch einmal ganz von vorne anzufangen. Doch in der weiterführenden Erkenntnis geht Mir auf, wie schon das bisher in die Wirklichkeit Erhobene mit soviel Sinnkraft, Seriosität und Leidenschaft begabt ist, dass kaum noch besseres darinnen liegen könnte. So schreite Ich denn mutvoll vom bis jetzt Erreichten weiter in die Höhen fabelhafter Seinsgewinne, die Mich und Meine Crew zu neuer Wohlfahrt und Begeisterung am Dasein führen.

Es ist die Wissenschaft vom reinen Sein die Perspektiven öffnet von vollendeter Genügsamkeit und Ausgewogenheit im wunderbar bewussten Geistesleben, das die Göttlichen mit sich und mit selbander führen. Du brauchst nur dein Ich Bin nach seiner Wesenstreue zu befragen und schon wird dir bewusst, dass alles, was du Bist, intakt geblieben ist inmitten deiner ungezählten diffizilen Operationen. Kein Härchen ist an dir gekrümmt und deine Wohlfahrt ist noch immer für die lautre Ewigkeit erschlossen.

## 4.21

Parallel und voll synchron verlaufen alle Welten, welche Ich inauguriert und an das Sein gefügt und angeschlossen habe. In dieser Sache darf und muss nicht mehr gedeutet werden, weil sie feststeht wie der Felswall vor den Wogen. Das selige Erkennen wie die Lebensdinge wirklich laufen, lässt die Seele vor sich selber heiter und gelöst erscheinen. Nicht nach Adam Riese, sondern nach der himmlischen Gerechtigkeit verläuft Mein Richtmass und Begehren und beschert dem Reichtum Meines Reiches die Holdseligkeit und Daseinswonne noch dazu. Deine Augen glänzen wie die Sterne im gestillten Abenddämmer und verbreiten edelmüdige Gelassenheit und seelenvolle Ruh. Du erscheinst wie einer der gelernt hat so zu sein wie es sich nach Meines Willens planender Manierlichkeit gebührt. Dein Dasein kragt nicht aus, wie es Myriaden andre tun und eckt nicht an im allgemeinen Chaos, das die geistig Ungebildeten verbreiten.

Mein Amt ist das des gütigen Verfechters göttlicher Vollkommenheiten, die zu Seinszufriedenheit, markanter Losgelöstheit wie zum Staunen führen, über so viel Seinsverschiedenheiten in der puren Einheit Meiner Geisteszüge.

Ich streiche dauernd die begeisternden Gewinne ein, die Ich auf dem Weg zum reinen Sein gesät und zur vollen Reife stilisiert und meditierend hochgezogen habe. Da magst du noch so selbstbewusst und merkantil erfolgreich sein, Ich überbiete alle deine Trümpfe mit dem einen, kapitalen, dass Ich Bin und es tagtäglich bis in alle Ewigkeit beglückt erfahre. Nun drehe du als Herrscher *auf* so viel du es vermagst, Ich habe längst schon alle Schräubchen so bewegt, dass Meine Ströme ungehindert, seelenruhig und gekonnt ins spiegelglatte Seinsmeer fliessen. Meine Wege sind mit Rosenblättern ausgelegt und Mein Befinden ist von himmlischer

Glückseligkeit geprägt, in deren Zauber Ich Mich alleweil gekonnt und ungekünstelt, siegreich, seinsbegeistert und voll Lebenswonne bade.

## 4.22

Auch über dir wird einst die Totenglocke läuten, um dem Glanze und der Glorie deiner Lebenstage ein bedauernswertes Ende zu bereiten. Selbst deine kühnsten Ambitionen werden dann mit einem Schlage Schall und Rauch geworden sein und was du einmal warst beginnt gemächlich vor sich hin zu dümpeln, bis es eben ganz verschwunden war.

Recht viele denken so, doch von der andern Seite her gesehn wird etwas wie ein roter Teppich vor dir ausgelegt und du wirst von Mir in allen Ehren in der Geisteswelt empfangen. Deinem Wesen hat das Abschiednehmen nicht geschadet und so lebt es weiter zweckgebunden und galant als wäre nichts Erwähnenswertes oder Meldepflichtiges mit ihm geschehn. Du aber wirst mit Fragen dich bestürmen über das, was vordem war und wirst vor allem dazu Stellung nehmen müssen, weshalb du nicht schon längst beschäftigt warst mit dem Erforschen deiner virulenten Wesenszüge. Es stellen sich die ewigen Gesetze der Wahrhaftigkeit und Lebensliebe vor dich hin und du hast deinen eignen Stand der Dinge minutiös mit ihnen zu vergleichen. Noch weicht vieles ganz beträchtlich von dem Idealbild für dein Dasein ab, das du zu erfüllen hast im Laufe vieler Inkarnationen.

Allmählich wirst du ruhigen Gewissens, was der Welt frommt, tun; was in deiner Kompetenz liegt wirst du zu bewundernswerten Resultaten führen. Was glaubst du wer dir intensiv und selbstbewusst zur Seite steht im Laufe deiner lebensklugen und zuweilen noch recht unbeholfnen Dispositionen? Das ist Meiner Himmelsgeister vife und vertrauensvolle Schar die markant zusammenhält was auseinanderfallen will und deren Sinn nach Weltenharmonie, Vernunft und Sitte strebt im geheimnisvollen Die-komplexesten-Zusammenhänge-recht-Begreifen. Ihr Sein ist gottergeben und genial, von Mir befruchtet und belebt und in die Ganzheit allen Seins gewissenhaft und wohlbegründet einbezogen. So ist alles, was da *ist,* im Lauf der Seinsgeschichte eine wunderbare Folge von Erfindungen, Versuchen und Verbesserungen, von Kindlichkeiten, Lehrlingsjahren und erklärten Meistertaten. Ihr Wohlklang wallt durch die Jahrhunderte bis ins unendliche Gedeihen, in dem auch du dein Schicksal als erfüllt beschauen wirst in liebevoll von Mir betreuten und beglückten Sphären.

# 5

# Die Kunst, dein Leben einzurichten

## 5.1

Grobfahrlässig würdest du bei klaren Sinnen wohl nie handeln, doch du tust es trotzdem all solange wie du dich gerade dem enthältst wofür du inkarniert bist während so und so viel anspruchsvollen Jahren. Du bildest dir Gedanken über deine Fähigkeit voran zu kommen in der Kunst dein Leben einzurichten nach Gewinn, Genuss, Ellbogenfreiheit und selbstischen Manieren. Zeitgleich musst du dir gestehen, dass dir mit dem Tode alles, was du dir mit Müh und Not errungen hast, aus der Hand genommen wird unweigerlich und unter Trauertränen. Das ist, weil du versäumst dem Sinn des Daseins nachzuspüren bis du ihn gefunden hast in Mir. Dazu braucht es den Effort, statt ausser dich - in dich zu gehn, um unter Einsatz aller deiner Kräfte deines wahren Wesens Glorie zu begreifen. Beim Betrachten deiner Innigkeit erkennst du alles Äusserliche als die grandiose Illusion, von der du dich ein lebelang am Narrenseil verführen lässest. Da ist es selbst für Mich ein heikles Unterfangen dich zur Bewusstheit deiner selbst zu führen. Es ist die göttliche Ägide die Ich in dir wecken will, so dass du dich als wie vom Tode auferstanden siehst inmitten deiner wilden Schar von Akquisitionen, die dich von Meinem Weistum zu enthalten suchen. Doch Ich klopfe täglich bei dir an mit Unbequemlichkeiten, bis du mürbe bist im Teig zu dem Ich dich geknetet habe. Dann endlich schaust du auf zu Mir im Glanze dessen, was Ich in dir Bin als Sein vom Sein in ungezählten Variationen. Die Machart deiner selbst zerschmilzt in Tränen über deine Unbeholfenheiten und du gewarst die Lebensqualität, die Ich dir noch so gern entbiete, weil sie Mich betrifft in letzter Konsequenz von deinen meisterlichen Meditationen.

Du erkennst dein Ichsein als das Meine und versinkst in Ehrfurcht vor dem Mal das Ich dir auf die Stirn und in das Herz geschrieben. Deine Krämpfe lockern sich und

Ich verehre dir am Ende deiner Kämpfe Meines Friedens Loyalität mit dem Weltgeist, wie dem kapitalen Umschwung, dem du dich ergeben. Die Glückseligkeit hast du damit gepachtet und die Harmonie mit dem Unendlichen in deinem veritablen Seinsgenügen.

## 5.2

Das Menschenmögliche sollst du beharrlich tun, um auf dem Geistesweg zu Mir und Meiner Herrlichkeit zu kommen. Du rümpfst die Nase, wenn es darum geht auch nur dem einem Wort von Mir besondere Beachtung und Beförderung zu schenken. Ich will Bet- und Bettelbruder sein, um Mich gehörig durchzuschlagen, meditierst du vor dich hin und bist dir dabei nicht bewusst, von wem du dich frivolerweise distanzierst in deinen Unbot-mässigkeiten

Das Wort des Herrn legt sich wie Balsam auf die Seelen derer, die es achten und befolgen wollen. Es spendet ihnen Geisteslicht und Kraft fürs Weiterschreiten auf dem schmalen Weg der Tugend und der Seins-gerechtigkeit in ihrem siebenfachen Mich-Umrunden. Nun prüfe du, was du für Mich noch übrig hast in deinem Eifer dich galant und wohlgefällig durch die Lebenszeit zu schlagen. Und hast du auch nur einmal, was du Bist, begriffen, wird dich die Sehnsucht nach Erkenntnis fürderhin begleiten wo du gehst und stehst, bis sie gestillt ist durch dein seinsgerechtes Meiner würdiges Verhalten.

Bewusst lass Ich das Wörtchen *sei* durch alle Lebewelten zirkulieren. Es soll auch dir den Status der Unendlichkeit verleihen, die weder einen Anfang noch ein Ende kennen kann in seiner überweltlichen Dimension. In allem was Ich dir besage wird die Kunst zu sein vor deinem Schauen offenbar. Es strömt in ihr ein Hauch von Güte zu den Meinen, den es gilt zu spüren, auch in deinem Fall, wo so viel Nützliches zu tun ist und darob das Nützlichste verloren gehen kann auf Nimmerwiedersehn.

Unter Meiner köstlichen Ägide hebelst du bewusst und tapfer alles Unbotmässige aus deinem täglichen Erleben. Du schweigst, wo allzuviele noch erregt und wirrlich durcheinander reden. Du gehst ruhigen Gewissens deiner Wege, währenddem die Myriadenschar der Unvernünftigen wie blind durch die besorgten Tage hastet, ohne Rast und Ruh. In Meinen Gärten ist das Fluidum des Friedens regelrecht zu spüren, wie auch die Seinsgerechtigkeit, von der die wachenden Gemüter hoch erfreut und glücklich zehren. Ihnen ist das Menschengöttliche beschieden das für alle die Erfüllung ihres Seins bedeutet, seelenvoll in Mir.

## 5.3

Ich schaffe dir Gelegenheit in wohldurchdachten Winkelzügen dem Tode, ihm ein Schnippchen schlagend, zu entkommen, aber wie? Es geht um das Bewusstsein deiner selbst, welches zielbewusst und unnachgiebig aufgebessert werden muss, bis du dich als Wesen der Unsterblichkeit erkennen kannst in wunderbar ereignisvollen Meditationen. Weisst du, dass du Bist, ist der Zustand wieder hergestellt, der dich schon immer insgeheim beseelte und den die Meister paradiesisch nennen. Nichts sogenannt Vergängliches und Unvermeidliches kann dich in Zukunft noch betrüben, weil dein geistig Teil in unverbrüchlicher Holdseligkeit in Meinem Gegenwärtigsein geborgen ist für alle Zeiten, die da *sind* und die noch kommen werden.

Du wirst Mir Glauben schenken, all sobald wie du das Götterherrliche und Grandiose an dir selbst erfahren hast in einem einzigartigen Momente, dem dann immer neue überragendere folgen werden. Wie kannst du da noch um Verluste trauern, wenn sie sich als null und nichts erwiesen haben in Bezug auf das was unverwüstlich in dir west und ruht. Es gibt sie noch die unvergleichliche Ballade vom erklärten Tod und vom Myriadenfach erwiesnen Wieder-Auferstehn. Sie nimmt in dir Gestalt an in dem Masse, wie du dich der Geistigkeit der Welt entgegenträgst und in ihr lebst und wirkst in Gottes hunderttausend Gnaden.

Deine Unbesorgtheit ist am Lächeln abzulesen mit dem du die Ereignisse in deinem Leben wohlgelaunt quittierst, die dir vordem Aufbruch und Entsetzen, Missmut und Verdriesslichkeit bescherten. Diese lästigen Verstimmungen sind nun passé in der Wohlbedachtheit auf die wahren Hintergründe deines Daseins in der Welt wie in der Unermesslichkeit der Geistessphären. In Mir bist du geboren und geborgen, in Mir bist du zum ewigen Bleiben auserwählt Welt in Stunden überragender Beschaulichkeit und Herzensgüte, die du selber dir gewährst in meisterhaften Zügen. Es wallt und wogt das Seinsgewissen, doch dein still gewordenes Gemüt erhält es im beseelten Atem der Unendlichkeit, der ihm aufs Allerköstlichste beschieden. Die Wahrheit trat vor deine Herzenstür und du hast sie begeistert eingelassen, damit sie dich beglückte und belebte, ihren Duft in dir verbreitete und dich aufs Innigste beseelte wunderbarerweise hell und heil und immerdar.

## 5.4

Beginne mit besonders aufmerksamen und grazilen Schritten und vollende deine Werke zügig schreitend der Verherrlichung des Seins entgegen. Was du in freien Stücken zu gestalten unternimmst, sei von der Sehnsucht nach vollendetem Bedenken wie nach der Heiterkeit Elysiens geprägt in deinen Daseinswundern. Meine Gegenwart in dir bereitet deinem hoffenden Gemüt unendliches Entzücken alsobald wie du es weisst, in deinem seinsubtil gewordenen Gewahren. Ich verschaffe dir Relieve von allen potenzierten und beschwerlichen Behinderungen, welche du zu überwinden hast, um tatenkräftig und in aller Form bei Mir beliebt zu werden. Äusserlich gesehn magst du vor aller Welt bescheiden, arm und ungelenk erscheinen, doch in deiner Innigkeit bist du daran Mir völlig seinsgerecht und liebevoll, beharrlich und empfindsam zuzuschreiten. Ich Bin für alle da, doch will nur eine kleine Schar, und bis zum Äussersten, von der profunden Weisheit profitieren, die Ich voll Zartheit und Entschiedenheit in alle Welt verströme. Du schaust dir das, was Mich betrifft, mit andern, wachern Augen an und findest nun, dass es dir nützlich ist in jeder noch so sehr verfahrnen Situation. Mein Da-Sein muntert auf und bereitet dir unendliches Behagen an dem Auftritt auf der Weltenbühne, den du fortan spielerisch, leichtfüssig und mit Sinn begabt beherrschest. Dann Bist du der Herzensstar, der sich von allen guten Geistern stürmisch und konstant umjubelt sieht. Ich finde dich in Freudentränen wieder, nachdem Ich dich in Trauerflor gehüllt verliess. Das macht, weil du dich mitgerissen fühlst von dem, was Ich dir ohne Unterlass als Lebenskunst empfehle. Seins-Vertrauen aufzubauen ist kein Schleck und dennoch ist es absolut vonnöten, wenn du dich in Meine Richtung und Gewähr bewegen willst im Niemandsland der weltlich angesetzten Operationen. Meine Güte hängt an einem dünnen Faden über dir, du kannst sie ohne jeden Anstand alsobald zu dir hinunterholen. Durch ihren reichlichen Gebrauch wirst du im Innersten gesunden an dir selbst, wie an der Pracht Elysiens, die Ich dir liebevoll und majestätisch, machtvoll und beglückend offeriere.

## 5.5

Das menschliche Bewusstsein ist sein Ein und Alles. Mit ihm erfindet und erbaut er sich das Sein, in dem er leben, herrschen und bewundert werden will in meisterlichem Selbstgenügen. Des Menschen Art zu sein ist punktgenau in ihm die Meine, ohne dass es ihm bewusst ist, in der Selbstbezogenheit und Vielheit seiner Aktionen. Ich freue Mich mit ihm und leide mit ihm Höllenqualen im bewussten Einssein mit den Myriaden zierlichen, sensiblen, räuberischen und manierlichen Geschöpfen, die Ich Mir erschaffen habe. Das geschieht mit Inbrunst und Verwegenheit in allen Formen jedoch nur am Rande Meines Allseins, welches offen ist für jene, die sich in die wunderbar harmonischen, glückseligmachenden vom Gottesgeist beseelten Regionen Meines Himmelreichs hinaufbegeben wollen. Ich helfe allen Individuen es zielbewusst zu tun, aber tun muss es ein jeder selber in der Freiheit seines resoluten Vorwärtsschreitens.

Du ladest dir die Bürden selber auf, die du dann auch zu tragen hast so lange, bis die Einsicht dich beseelt, dass Ich dir nützlich sein kann beim Verwandeln deiner Unvollkommenheiten in den Aufwall hin zu Mir ins elysische Empfinden.

Auch du bist zum bewussten Sein in Mir bestimmt in deinem Dich-Veräussern wie in der Verinnerlichung, mit der Ich dich in aller Form begabe. Siehst du dies ein, erfährst du dich wie neu geboren, in der geistgesättigten Unendlichkeit in die Ich dich mit Leidenschaft entführe. Es ist ein schweres Ringen zwischen dem was du, Persönlichkeit geworden, für dich willst, und dem, was Ich in dir zur Heimfahrt in Mein Reich und Meinen Reichtum vorgesehen habe. Wem du mehr vertrauen willst, dir oder Mir, ist dir anheimgestellt inmitten aller Güter, die dich mild und wild umgeben. Meine Offenheit dem Sinngedicht der Seienden entgegen ist schon seit Urzeiten Legion und lässt jene, die sie intus haben, seinsbewusste Freuden tanzen. Überirdisches Gemurmel hüllt sie ein und sie laben sich am Brunnen der Gerechtigkeit und Weisheit, Liebenswürdigkeit und Güte Gottes, an dessen Rand sie ihre Wohnstatt aufgeschlagen.

Komm und sieh und lass dich von dem Anblick der Gottseligkeit zur Liebe und zum Trost, zur Seinsbeständigkeit sowie zur Seligkeit Elysiens in alle Ewigkeit von Mir verführen.

## 5.6

Mountains wo du gehst und stehst, Offroders, Töffs und Bikes, um darauf herumzukraxeln, wahllos oder logisch nach der Art der Pioniere, die ihr Handwerk tadellos verstehn. Es ist die Technik wie der Wille nach dem freien Über-dich-Verfügen, welche ihren Siegeszug schon vor Jahrhunderten begonnen haben. Sie sind dabei, dein Weltbild wesentlich zu prägen und es markant und dauerhaft ins Irdisch Ahrimanische zu ziehn. Dem setze Ich das Luziferische entgegen, um eine Ausgewogenheit zu schaffen von grundlegender Bedeutung in der Evolution des menschlichen Bewusstseins zur All-Einheit in der Welten Schoss. In beiden sollst du dich gekonnt und selbstbewusst bewegen und deine Wachheit so weit treiben, dass sie Mich, das Sein, in allem was da *ist* am Werken sieht. Du darfst dich erst als frei bezeichnen, wenn du dich vom Illusorischen befreit hast, indem du dich Mir vollends hingibst und damit emergierst ins absolut verehrenswerte Seinsgenügen.

Das ist die Spitze des Erkennens, wenn du dich im menschlichen Getriebe zugleich wesenhaft, verbindlich und gelassen als die Weltengottheit siehst, deren Dominanz und Strahlkraft ist dem Sonnenglanze zu vergleichen. Du Bist Es und Ihn und fassest damit alle Gottbegriffe in den einen, der Ich in dir Bin, zusammen, um das reine Sein zu feiern im beglückenden Allhier.

Was Ich Mir Bin, neigt sich und prägt sich unentwegt zur Sternenwelt empor und lässt Mich seinsbeglückt und götterwürdig in ihr wohnen. Die Alleinheit ist für alle Zeiten Mein beglückend Los und lässt die Seligkeit erblühn in Meinem staunenden Gemüte. Was Ich immer will und kann, ist schon im Ansatz der Vollendung hingegeben und was Meine Güte ist, verbreitet sich in unaufhörlichem Umrunden über Myriaden Galaxien hin. Gestillt Bin Ich in der Gemeinschaft mit Mir selbst in allen Wesen geisteswissenschaftlicher Potenz, die *sind* und die in Mir, durch Mich und mit Mir das erhabne Universensein bewirken. Mein ist dein und dein ist Mein im Allüberall der Weltensphären, wo die lautre Liebe sich versingt und die Zartheit der Gedanken Zärtlichkeiten atmet wie von Klang und Harmonie und von vollendetem Glückseligsein in Grenzenlosen.

## 5.7

Was du nicht lassen kannst, das muss Ich dir mit aller Vorsicht nehmen. Du glaubst gar vieles haargenau zu wissen über Mich, sowie die Welt im allgemeinen. Doch all soviele Male waren`s dreizehn Sterne und du hast nur zwölf gezählt. Das ist, weil deine Sicht enorm beschränkt ist, wenn es darum geht so richtig tief zu graben, statt nur die Oberflächlichkeiten anzusehn. Dann neigst du dazu deine Meinung zur Allgültigkeit und Sitte zu erheben. Um wie viel weiser wäre es, du würdest Meinen guten Rat erfragen in der Herzensstille wie der Seins-gelassenheit, in die Ich dich nur allzugern entführe. Trachtest du nach innigem Begreifen, kommt es dir von Meiner Seite auf geheimnisvolle Art und Weise zu in aktuellen Unumstösslichkeiten. Wie es um dich steht, will Ich dir sinngemäss besagen und wie es mit dir weitergehen soll. genau so, mit dem Mut der Weisheit und der Güte Gottes aufgeladen.

Was du längst vermuten konntest tritt dir vehement und herzensgut entgegen: das Wissen um dein Eigensein, wie das der Lauterkeit im Universensinn, dem Ich in corpore verpflichtet Bin seit Anbeginn der Zeiten. Und wie kann das für dich zu einer Wahrheit werden? Indem du mit

Erstaunen konstatierst, dass du dich mit dem Titel: Gott von Gott, Licht vom Lichte, wahrer Gott vom wahren Gott beglückend kannst in der Fülle Meiner Gnaden.

Rechtschaffen, seinsvernünftig und gelassen trete Ich dir gegenüber und verkünde dir, dass Ich zugleich das Köstlichste in deiner Herzensmitte Bin, das Sein an sich, von dem die Sternenweiten dir brillant erzählen..

Du erlaubst Mir doch dein Wissen Schritt um Schritt aus Meiner Gotteswissenschaft um ein Erkleckliches und Sinngeladnes zu vermehren. Es geht nicht an, dass du im Geistesdunkel wie in deinem Dünkel um dich tappst, um doch keine Fliege wahrer Seinsgefälligkeit und Klugheit zu erwischen. Nur was von Mir kommt hat Bestand, derweil Ich alle Wahrheit, Weisheit und Entschiedenheit für Mich gepachtet habe. Was dir von Meiner Seite zuströmt, wird dich mit Glückseligkeit und Seins-bewusstheit wie mit dem Siegel der Gottseligkeit begaben.

## 5.8

Was Ich allem Irdischen voraus und intus habe ist das Siegespotenzial, das Mich bei jedem köstlichen Gedankenflug beseelt wie im Kreieren neuer Wirklich-keiten. Was gelingen muss hat nicht die Absicht nach der Zeit zu fragen, denn Vollendung braucht Geduld und guten Willen, Regsamkeit und sagenhafte Fantasie. Mir ist alles dieses schon seit Anbeginn in Fülle und Erhabenheit dahingegeben. Trachte du danach, in deinem Eifer Meiner zu gedenken, damit dich Kraft von Kraft und Edelmut von Edelmut beseele, um deinem Werk gebührend Anschub zu zuzuschreiben.

Meine Mission ist es in Universenweiten wie im Miniräumlichen genau so effizient, wahrhaftig und genial Gestaltung zu betreiben, dass es eine Freude ist

Mir beim Handeln zuzusehn. Das zeugt Überlegenheit und tadellose Sitten, Ursprünglichkeit und Effizienz an Myriaden Orten, wo Ich Meine Wesenskraft entfalte.

Fassest du dein Leben richtig auf, so ist es dir bewusst, dass Mein Gehaben sich in deins verwandelt, wenn es darum geht Hand und Herz an das Konkrete anzulegen. So ist Meine Hemisphäre lückenlos und grenzenlos an deine angeschlossen, um dem Weltenwerk die letzte Weihe wie das Seinsgedeihen zu gewähren. Damit ist es auch gegeben, dass dir nichts missfallen soll, wenn es dir noch so mühsam und beschwerlich vorkommt in der Aufeinanderfolge deiner, von Mir provozierten Dispositionen. Dein Los ist es, dem Meinen unbedenklich und loyal, radikal und konstruktiv den letzten Schliff zu applizieren. Behältst du dabei Mich im Auge, wird es dir an Seinsgefälligkeit und tätigem Sukkurs aus Himmelhöhn nicht fehlen. Die Allgewandtheit wird dir offenbar mit der Ich alles, was Ich will, vollbringe ganz bedenkenlos. Meine Züge sind dem reinen Sein entsprungen und so soll es mit den deinen sein. Sie *sind,* voll Liebe und Begeisterung am ewigen Gedeihen, das helle Meisterschaft markiert und von dem geschrieben steht: von Engeln ist es hergetragen und in Engelleichte wird es wieder voll Entzücken und elysischer Vertrautheit seinsglückselig und sich selbst bewusst ins Unendliche entschwinden.

## 5.9

Oberhalb ist bei Mir gleich wie unten, weil Mein Sein allgegenwärtig ist in gleicher Fülle und Gewandtheit, Toleranz und mustergültigem Gehaben. Wo Aufruhr ist da lass Ich Mich nicht nieder und wo Zähne knirschen verteile Ich kein Brot. Unter Meiner Herrschaft mag sich alles trefflich leiden, weil die Meinen als dasselbe sich erkannt und damit bestens abgefunden haben. Ich tröste wo Ich kann akkurat in jenen Regionen, wo nach Mir gesucht wird und wo Ich Mich gern finden lasse in den Herzen Meines Aufbruchs zu den Sternen.

Genial ist es für dich mit Mir den Weg des Freiseins von behindernden Gelüsten und Verirrungen zu gehn. Ohne Frage existiert in Meinem Reich die Seinswahrhaftigkeit, so wie sie auch in deinem längstens Fuss gefasst und festen Tritt gefunden haben sollte. Deine wundervolle Strategie, von Meiner Seite aus gesehn, will sich in immer höheren Erwartungen erfüllen, die von dir bewusst und schnörkellos gelebt und dargeboten werden. Meine gute Seite ist dir immer offen und du wirst von ihrer Schönheit fasziniert sein jedes Mal, wo du den Mut gefunden hast Mir vollends nah zu sein in deinen seelenvollen Meditationen. Kannst du ermessen, wie erfreut Ich über jede Regung deines Herzens Bin, die Mich ahndet und Mir zustrebt mitten in der Lebensstage Praktikum, Komplexität und Kühnheit. Immer will die Einheit der Gefühle und Gedanken zwischen dir und Mir zum Zuge kommen und in aller Schlichtheit und bewundernswerten Ehrlichkeit Triumphe feiern des wahrhaftigen Die-Lebenslust-Bestehn. Ich Bin dort anzutreffen, wo die Liebe Einzug und Beständigkeit erhalten hat und wo Ich mitten unter den befriedeten Gemütern

sein kann als der Inspirator lobenswerter Unternehmungen. Dein Glück besteht in Meinem Mich-an-die-Gesegneten-des-Herrn-Verströmen, deine Herzensgüte fühlt sich von der Meinen so sehr angesprochen, dass sie wie verklärt in reinem Sich-Verwundern durch die Lebenstage geht und Segen spendet, wo sie kann und wo die Welt geheilt wird unter Meiner liebevollen und verehrenswerten Medikation.

## 5.10

Willst du kräftiger mit mir kollaborieren als es bisher war, so muss es dir zuerst zur strahlenden Bewusstheit werden, dass Ich Bin und dass Mein Wesen sich aus geisterfüllten Hintergründen in das Irdische erstreckt, das dich so sehr beeindruckt und berauscht als ob es nurmehr dieses gäbe. Du sollst wissen, dass das Irdene geschaffen und damit auch vergänglich ist, in seiner vielgerühmten Eigenart gesehn. Dein eigentliches Wesen jedoch ist vom Geist geprägt, den Ich in dich gegossen und der niemals untergehen kann.

Wachsamkeit ist für dich angesagt um das zu hüten, was du von Mir weisst und um immer weiter bis zu deiner Mitte vorzustossen. Dort erwartet dich des reinen Seins unendlich liebenswürdige Gebärde, an deren himmlischer Behutsamkeit und Grazie, harmonischer Bewegtheit und unendlichem Beruhn du dich zutiefst erlaben kannst. Alle Weiten kosmischer Gelöstheit sind dir offen, dein Bewusstsein schwebt ins Unermessliche und sammelt sich zugleich im Einen, das Ich Bin, und das du Bist in der Erkenntnis deines götterlichten Wesens.

In dieser hochsensiblen Perspektive sind alle deine Seelenrätsel aufs Entschiedenste gelöst, dein Ich ist Meins geworden und dein Gottesbild entspricht der nie verebbenden und namenlosen Wahrheit, die da *ist*, und seine lichten Schwingen über alles breitet was im Universum je geschehn.

Der Geistkeim möge ständig wachsen, den Ich liebevoll in dich gelegt und den Ich hüte als das Kindliche in Meinem Götterschoss. In der allweiten Evolution wird er in Gottesminne ausgetragen und erfährt zur rechten Zeit die Geistgeburt in Meine Sphäre der Wahrhaftigkeit und Herzensgüte, kosmischen Besorgtheit und intimer Seinsbravour. Du kannst nicht ohne die Verbindung mit der Allheit sein und bist vom Unendlichen bis zur Unendlichkeit in Mir aufs Trefflichste geborgen. Mein Geistesweben hüllt dich ein in nie versiegendem

Gerechtsein an dem Ideal, das Ich seit eh und je aufs Innigste vertrete. Du nimmst an der Würde Meines Einsseins teil und Bist in ihr in die Allherrlichkeit und Wohlgefälligkeit des Götterseins erhoben.

## 5.11

Deine liebe, lautre Seele singe sich zu Mir empor, wohl wissend, dass du Bist der Ausbund Meiner Güte, das Wesen der Gerechtigkeit des Himmels über dir, sowie die Zierde Meines Hauses im von Mir gesegneten Allhier. Du darfst dich mit der Hoffnung und dem Ehrenpreis bekleiden, dass dein Dasein eine Folge ist von wunderbar beseelten Aktionen, die auf Beglückung, Wohlfahrt, Reinheit und Bewusstheit zielen. Ich transformiere Mich beständig aus dem Fluidum des Geistes in das Wesen, das du als gesichert und geschniegelt für dich darstellst und überzeuge dich allmählich von dem Überragenden, das Ich in dir zur Sternenwirklichkeit erhebe. Dann hört das Zweifeln an dir selber auf und du veranschlagst dich als neugeborner König der Allherrlichkeit in Meiner Krippe wie im Universensein, dem Ich in Fülle und Entschiedenheit, Bewegtheit und Gesundheit angehöre.

Es trifft sich gut, dass Meine Ambitionen haargenau zu deinen werden sollen, damit die Einheit aller Dinge sich zur vollen Blüte stilisiert und vor sich selber wacht, damit kein Unheil ihren Zauber und ihr Seelenheil zerstöre. Anderweitig als in Mir kannst du nicht existieren und aufgefächerter als Ich kann niemand sein bis in die letzten Fasern der Lebendigkeit in Meinen Gütern. Mach dir nichts vor, ist Mein besonnener und akkurater Ratschlag an dein lauschendes Gehör, damit du nicht ins Jenseits der Beziehungen zu Mir gerätst in deinen vifen Fertigkeiten. Das Klassische sei dir der Grund für deine gloriosen Aktionen, das Neu-Erdachte jedoch spriesse auf aus ihm wie Blumen aus dem Frühlingsfelde und wie Lobelien im frisch besäten Garten. Mein Sein sei deinem aufs Empfänglichste empfohlen und Meine Labsal tröste dich in deinen mannigfachen Irritationen. Nun gilt es für dich aufzuwachen in den Geisteswirklichkeiten, die dich wunderbarerweis umgeben. Sie sind dein Alles, wenn du's recht besiehst und fördern dich in deinem ABC der Wohlgefälligkeit am Himmel Meiner Stern-Kultur sowie am Gnadenhof der Fülle Meiner nie versiegenden und wesensblinkenden Holdseligkeiten.

## 5.12

Nichts hält Mich auf, wenn Ich so richtig Fahrt und Fühlung mit dem Windspiel aufgenommen habe. Mein Dasein ist ein Fest der Vielfalt am kosmisch aufgefächerten System. Berührungslos und doch totsicher lass Ich Meines Willens Weltentkräfte spielen und ziehe, was von Mir ausgeht, zur Gerechtigkeit am Sein und Sinn, wie zur erhabenen Empfindsamkeit empor. Was wirklich neu ist musst du bei Mir suchen, was im Register der bedeutendsten Erfindungen und Fabelhaftesten Kreationen steht sind Meiner Werke Schauspiel, Plansoll und gerissne Fürstlichkeit von authentischem Format.

Nichts läuft Mir zu wieder, ohne dass Ich es mit spielerischer Leichtigkeit und Nonchalance im Nu und Nimbus überwinde. Mein Markenzeichen ist der Stern in Himmelsqualität und Universenfrische in einzigartiger Bewegtheit und konstant hervorgebrachter Energie. Mit Kalorien vollgeladen ist an jedem Ort Mein Schnappsack, dem Ich fürstliche Gelage abgewinne und verehrenswerte Steigerungen Meines Renommees.

Nichts geht wies kommt. Allem der Trieb zur Perfektion und Auserlesenheit, zur Sittlichkeit und klugen Kargheit eingeimpft, damit er sich entfalte und dem Fruchtigen entgegengeh.

Leis verklingen Meine Lieder, wenn sie noch so prächtig und pompös begonnen haben. Überirdisches Gemurmel, von Mir ausgegeben, zeitigt Wohlfahrt feinster Spekulation in Meinen Gärten zielbewussten Avancierens. Mir ist, in absoluter Seinsgefälligkeit, unendlicher Erfolg beschieden, der von aller Herren Länder seinen Anfang nimmt und überweltlich zum gestirnten Himmel reicht in geisterfüllten Regionen. Keine Blitze brauch Ich zu versenden, um Mein Lichtsein zu erweitern in der Stunde heiterer Geselligkeit mit Meiner Schöpfung Myriadenzahl. Ich Bin Mir Meiner Trefflichkeit und Überlegenheit, Meiner Inbrunst und Bewegtheit jederzeit bewusst und handle nach dem Grundsatz: Mir ist alles, was da *ist*, in die götterlichte Hand gegeben. Gütestrahlend und gerecht ist Mein Erscheinen allweit wo auch immer Ich präsent Bin und über alles meisterhaft und königlich, virtuos und zauberhaft erhaben.

## 5.13

Momentanes wird von Mir unweigerlich ins Ewige verpflanzt, um dort für immer seine Rolle und Beredsamkeit zu spielen. Auf diese Weise bleibt der Faden der Geschichte dir erhalten, und wie nichts gefördert wird, was einst von Mir in deinem Wesen angesponnen worden.

Wunschlos glücklich sein ist eine Kunst, die nur von wenigen beherrscht und demzufolge auch gepflegt wird in der Menschen hoffendem Gemüte. Gar vieles, was sich in dir umtreibt, ist dazu angetan, dich aus der Ruh zu bringen und am glatt gestrichnen Teppich deiner Tugend ungeniert zu zerren, dass er wellig wird und hässlich anzuschauen. Es bedarf enormer Seelenkräfte um die edelmütigen Prinzipien des Seiens aufrecht zu erhalten und ihnen nachzuleben bis hinunter zu den Schwierigsten der Fälle, die zu bewältigen Ich dir vorgelegt.

Dein Glaube an die Gottheit kann dein Seelensein wie eh und je gesunden und dir den Trost des liebevollen Wohlgefühls verleihen aus den Schalen Meiner Güte, deinem Wesen zu. Dir ist bestimmt mit Mir zusammen in der Welt zu wirken, allein fehlt dir der Schwung zum Überwinden aller Widrigkeiten, die sich dir kurioserweis entgegenstellen. Es kann Mir nicht egal sein, wie es dir ergeht in deinem Plansoll und Gehaben. Mein Bewusstsein ist schon vor dem Morgenstreich in deines Lebens Blüte eingeflossen und ist ein unverbrüchlich Teil von dir geworden. Demzufolge ist es für dich dringend zu empfehlen, Meinem Edelsinn gemäss zu handeln und zu sein, damit kein Aufruhr und Gezänk entsteht zwischen Meinem gottgesegneten und deinem selbstischen Gehaben.

Damit du Meiner würdig wirst hast du noch manchen Sumpf und manche Pfütze zu durchlaufen, und um dich dann rein zu waschen sind dir Meine Wasser nützlich und geflissentlich vergeben. Alles was von Mir kommt macht dich liebenswert und schön und mutet deinem Wesen zu in Meinem Reich bewunderte Figur zu machen und allgemein geliebt zu sein in der Gesellschaft der Verständigen am Leben. So geschieht, was Ich schon immer impulsiert und für die Menschheit vorgesehen habe. Du reckst dich still und zielbewusst zu Mir empor und wirst von Mir in aller Ruh empfangen und für deine Treue reich belohnt. Dein Sein erfüllt sich damit in Glückseligkeit und Dankbarkeit, Gelassenheit und gnadenvoller Harmonie

## 5.14

Meiner Fährte konsequent und tapfer folgen heisst: dich mit gewissenhaftem Herzen fort und fort bewegen minergetisch, kriesensicher und loyal. Deine Welten Meinem Sinn gemäss gestalten ist dir eine heilige Verpflichtung, die zu Seelenwohlstand, Festigkeit und

Meisterschaft im Sein und Leben führt. Du Bist dir bewusst, dass jede deiner Regungen und Motivationen Meines Wesens Klingeln und Gelingen, Überlegenheit und Grazie entspricht in langgedehnten Formulierungen und Visionen.

Mir ist als hätt` Ich gestern erst mit dem enormen Weltenbau begonnen, so glasklar und entschieden ist Mir jeder Zug bewusst, den Ich auf der Weltenbühne abgeschritten habe. Auch dir ist es von Mir beschieden, täglich wacher und sensibler durch dein Resümee zu schreiten mit der klaren Absicht Meinem Sinngedicht und Vorsprung Geltung zu verschaffen. Ich habe alle Meine kosmischen Gebärden nonchalant zur Mustergültigkeit erhoben und bediene Mich der Kräfte Meines Seins als hätte Ich sie nicht, so federleicht ist Mir zumute in des Schaffens silberheller Allegrie.

Was Ich Mir Bin flöten derzeit alle Vögel von den Bäumen und bedeuten dir mit ihren Schwingen, wie man durch die Weltenlüfte pfeilt als wär es immer so gewesen. Doch es liegt ein sagenhafter Aufbau von Äonendichte in dem Weltgefüge, das Ich bravourös und prächtig mit Lebendigkeit und Siebenseligkeit versah. Nun ist sein Sein in den Verständigen zur höchsten Blüte und verehrenswerten Fertigkeit gediehen, an welcher Myriaden Blicke hangen, um es ihm liebevoll und graziös, gewandt und in Perfektum nachzutun. Viel mehr ist dazu nicht zu sagen, als dass in dieser Perspektive Glück und Frieden, Harmonie und Wohlfahrt kulminieren, derweil Mein Ich in dir Triumphe feiert von Beschaulichkeit, Verwegenheit, Bewusstheit und verehrenswertem, liebevollem Seinsvertrauen.

## 5.15

Durch die Brille der Barmherzigkeit schau Ich dich mit grossen Augen an und sende dir Gedanken von der

Heiligkeit Elysiens und ihrer Heilkraft über alles im Allhier. Die Römer trugen ihre Tunika mit weit geschnittnen Ärmeln, Ich trage dir die Gottesminne an, mit der sich dir Allweiten offenbaren. Bist du dem Seinsgerechten zugetan, verhelfe Ich dir zum Sprung ins Abenteuer unermüdlichen Bestrebens wahr zu sein und ehrenhaft, geduldig und dem Herrenhof verschrieben.

Ich werte alles aus, was in der Universenwelt geschieht und setze *Meinen* Wert dazu, damit das Ganze wohl gelinge und die Kräfte der Allherrlichkeit und Gottesgüte schliesslich haushoch überwiegen. Dein Problem ist, dass du blind bist gegenüber Meiner geistigen Präsenz in allen Daseinsregionen wo gelebt wird und geflunkert, aufgezogen, abgetakelt und manövriert mit dem Eifer der Zeloten, die schon damals herrschen wollten in ihrem stickigen Revier.

Mir ist so sehr daran gelegen, dass du Meines Seins System durchschaust und daraus deine Schlüsse ziehst, die dir und aller Welt zum gnadenvollen Heil gereichen. Die Ideen sind perfekt und vor dir ausgebreitet als der Weltenplan, in welchem jedes Detail eingezeichnet ist als Basis für das Leben das sich überall verbreiten soll in Anstand und beglückender Regie.

In diesem Sinne hängt auch viel an dir und deinen Motivationen, die Versiegen oder Fülle, Verluste oder wunderbar beglückend Gewinne generieren können. Siehst du dich als wohldotierter Teil von Mir, wird dir in noch so vielen Agitationen und Verpflichtungen, Wartezeiten und Berufungen nur Vortreffliches zur Ansicht und Debatte stehn. Du bringst Mein Gesetz zur blütenreinen Galerie von gottgesegneten Vortrefflich-keiten und trägst Meinen Ruf im Nu ins Überall von deinen Aktionen. Ich kette dich nicht an, doch du legst dich freien Sinnes in die Strippen Meiner strömenden

Unendlichkeit und gebärdest dich wie einer, der von himmlischen Gefilden kundig ist. Das gestattet dir, im Irdischen die wahren Menschenwerte und Gebräuche aufrecht zu erhalten in der traulichen Verbundenheit mit Mir und Meinen Geistesbastionen. Ebenso verleiht es dir den Frieden und der Welt die langersehnte und von Mir gepflegte Götterharmonie.

## 5.16

Das Moderate hat sich immer gut mit Mir verstanden, weil in ihm das Penetrante einem Sein gewichen ist von namenloser Süsse. Was wünschbar ist, ist hier im vollen Wortsinn liebevoll getan, was tröstet hat sich eingefunden und was beglückt kann hautnah und voll Zärtlichkeit empfunden werden.

In Meinem Reich Bist du vom Rustikalen ins ereignisvolle Faszinosum Meiner Geisteswirklichkeit gestossen. Was ausgeklinkt war hat sich wieder herzensnah gefunden und was sich mied sitzt friedlich an demselben Tische unter gütigen Gesprächen und Versicherungen einer Freundschaft von unendlichem Bewähren.

Ob Meiner Strategie, die Weltendinge so bewusst, gekonnt und offen miteinander zu vereinen, gerätst du mehr und mehr ins Staunen. Du findest es galant und sinnvoll, wenn das ganze Weltgeschehen sich zu einer Einheit stilisiert von brüderlichem Wohlgefühl und gottgesegneten Behagen.

Was noch nicht ist, kann werden, spricht der Philosoph. In Mir ist alles schon gediehen, weil Ich selber Bin, was sich die Welt noch als Vereinzelung, Lieblosigkeit und Tücke vorstellt in ihrem leidigen Versagen. Vermagst du dich zu ändern, so wie Ich es intendiere, leistest du genau den Teil zur Friedefertigkeit und Harmonie der nötig ist, um dereinst allgemeine Wohlfahrt und Gerechtigkeit,

Rücksichtnahme und Bewusstheit einzuführen. Nicht alle mögen sich zu solcher Ungebundenheit entfalten, doch das Gros der Bürger wird in kluger Einsicht aufs Entschiedenste kooperieren und sich nichts vorenthalten, was Gemeinschaft, Lebenslust und Wohlgefühl kreiert.

Dass Ich das wirklich will sollst du Mir Zeuge sein mit deinem eigenen Benehmen. Das schliesst enormes Seinsvertrauen in sich ein und macht den Bock zum Gärtner in der Seele seelenvollem Geistrevier. Unverwandt wirst du mit der Gebärde der Gelassenheit agieren, die von Mir ausgeht und in alle Wesen überirdischer Verständlichkeit und reiner Liebe strömt, wie Ich es intensiv und sachlich vorgesehen habe. Herzlichkeit tritt an die Stelle des Versagens und liebevolles Mitgefühl trägt die verständigen Gemüter zu den Sternen ihrer wunderbar beseligenden Wahl.

## 5.17

Wie werde Ich wohl sein, frägt sich der figalante Schützenkönig nach Meines Abschieds letzter Hitparade? Genau derselbe wie vordem kann Ich dir sagen, nur leiblos und somit nicht mehr mit Goldbrokat und Glitzerringen, Silberketten und Plaketten feierlich behangen. Schön bist du nur noch in dem Masse, wie du deine Herzlichkeit gepflegt und deiner Güte einen hohen Stellenwert verliehen. Das aber, rat Ich dir, sollst du schon jetzt beginnen und mit Feuereifer, philanthropisch, seinsgerecht und brüderlich zu Werke gehn.

Die Konsequenzen deines Handelns auf dem Erdenplan sind die perfekte oder dann perfide Mitgift, die du vorzuweisen hast, wie's Billet vor dem Schaffner im grazilen Neigezug. Meine Geisterschar wird dich beäugen wie die Bauern ihre Kühe auf der delikaten Viehschau vor der monstruösen Bergkulisse. Deine Werte, wie die Mängel werden offenbar, um das seinsgerechte Urteil über dich zu ziehn. Du wirst auf jeden Fall noch viele Male wieder kommen müssen, um den Tanz des Lebens immer würdiger und raisonabler zu bestehn.

Nicht in den Wind gesprochen sollen Meine Worte sein, sondern in dein Herz geliebter Freund, auf nimmermüden Sohlen. So dämmert dir die Wahrheit auf von dem was du dir Bist, sowie von dem was du dir sein kannst in der Richtung auf dein göttliches Gedeihen. Nicht mit dem Zaunpfahl sollte dir gewunken werden müssen, sondern mit dem liebevollen Finderzug von Meiner Art die Leute still zurechtzuweisen auf der Fahrt ins silberhelle Glück bewusster Kombinationen.

Am Ende leuchtet dir der Anfang wieder hoffnungsvoll entgegen. Dabei dreht sich die Spirale deiner Menschlichkeiten immer höheren Regionen zielbewusst entgegen. Du gewinnst an Achtung und Vertrauenskraft dir selber gegenüber und wirst mählich vollends von dem Willen nach Vereinigung mit Mir beseelt. Das verändert gründlich deine Seins-Staffage und vermehrt den Spielraum in Bezug auf das Unendliche, das Ich dir mustergültig ins Gemüt geschrieben. Deine Gotteszüge straffen sich Mir zu und du getraust dich wunderbarerweis Unendliches zu bedeuten. Welch ein Glück und welch bewusstes Bild erhabener Glückseligkeit im Reinen.

## 5.18

Sackstark und prächtig aufgeblasen präsentiert sich dein Gedächtnis, wenn es darum geht, deine Lebensdinge schön der Reihe nach ins rechte Licht zu rücken für noch mehr. Ein tolles Luder bist du bei der Wahl der Wohlbekömmlichkeiten, die deinem Willen angemessen scheinen. Du siehst dabei nur dich und lässest deine Umwelt Mangel leiden wegen dir.

Was Ich jedoch will ist ein weltenweites Einvernehmen zwischen allen Menschenwesen, die da *sind* und sich selbander im Gemüt zur Einheit und Behutsamkeit, zur Freundlichkeit und Menschenliebe führen sollen. Nicht Selbstzweck soll das Leben sein, sondern virtuoses Miteinander-Vorwärtsgehn in allen noch so hoheitsvollen Disziplinen.

Im Grund genommen trachten alle nach dem Herzensfrieden, doch nur die liebevolle Tat vermag ihn auch herbeizuführen. Dafür hab Ich dir das Siegel der Gewissenhaftigkeit und Seelenstärke auf die Stirn geschrieben, damit du immer weisst, was sich geziemt und was die Reinheit der Gedanken fördert, der Verständigung und Loyalität entgegen.

Du bist kein Kind mehr, doch in allzu vielen Fällen benimmst du dich wie es in deinen wenig überlegten Gesten und Verwicklungen in die du dich am Laufband spintisierst. Es ist schon eine Kunst, gerade so zu sein wie es der Anstand fordert und wie das tätige Zusammenspiel gedeiht in allen Daseinsregionen.

Das Wort vom allgemeinen Wohlstand soll dir gar lieblich in die Ohren klingen und dich zur Rücksicht, Toleranz, Verschwiegenheit und Lauterkeit erziehn. Du lebst wie einer, dem die Seinsgelassenheit im Blute liegt und welcher ohne Zögern das vollbringt, was in dir lodert, der Vollkommenheit entgegen.

Es gilt das Leben nach dem Mass der Menschenwürde und Gerechtigkeit des Himmels zu betrachten, ohne Wenn und Aber mit dem Ernst der Stunde im Gewissen. Nicht ohne Meinen Mantel sollst du auf die freie Wildbahn stürzen, auf der sich alle lückenlos bewähren müssen, um einmal ins gottesselige Nirwana einzugehn. Strebst du nach Tugend, sieh Ich schenk sie dir und willst du Ehrenhaftigkeit und Mitgefühl verwirklichen, Ich stehe dir zur Seite bis sie sich zur vollen Blüte und Glückseligkeit der Seienden und Wissenden in Meiner Sternenwelt entfaltet haben.

## 5.19

Umgetopft soll werden, was nicht anstandslos gedeiht und einen neuen Pfad beschreiten, wer den alten nicht mehr als den seinigen betrachten kann. Hast du dir schon überlegt, ob das, mit dem du dich befassest, noch dem Wesensbild gemäss ist, das *Ich* von dir entworfen und mit Lebendigkeit versehen habe. Wie Ich an deiner Stelle konstatiere, liegt noch viel in arger Unerfülltheit, was dein Wesensein betrifft auf dem Weg zum liebevollen Wohlgeraten.

Ich nenne schön, was lauter ist, gefühlvoll und markant in deinen Wesensgründen und nehme innig teil an dem was du betreibst und hoffst und generierst im Jahresleben. Die Vielfalt Meiner Aktionen, die auch dich zutiefst betreffen, ist Legion. Wo es Not tut, wird auch von Mir scharf geschossen, doch im Allgemeinen dominiert die sagenhafte Sanftmut Meiner Züge das Geschehn und lässt die Arbeitsfelder Meiner Wissen-schaft und Wirksamkeit in graziöser Farbenpracht erblühn. Ich quittierte dein Bemühn um Klarheit und Entschiedenheit mit einem Lächeln delikater Himmels-gunst und lasse minutiösen Sachverstand und zarte Wohlgefühle in dich fahren.

Was Bist du denn, wenn nicht das auserlesne Abbild Meiner Züge und was kann dich bewegen, ohne dass es Mich genauso intensiv bewegt. Die feinsten Fasern Meines Seinsgewissen reichen bis zu deiner Innigkeit und modulieren, was du Bist, in Freundlichkeit und Milde wohl nach deinem Willen, doch genauso wie *Ich* es als dein Inspiratior und Gedankentransformator vorgesehen habe.

Dein Wille sei Mir unveräusserlicher Seinsbefehl, so wie der Meine in dir seine Wirkung und Beförderung vollbringt. Das ergibt dann die vollzogne Einigkeit der Weltendinge im Allhier und befriedet alle Kräfte, die das Wirkliche erschaut und zu ihrem Ideal erhoben haben.

Wer Ohren hat der höre, ist ein beliebtes Bonmot, das Mir zugeschrieben wird. Doch bedeute Ich dir: Meine Gegenwart in deines Wesens Reich herzinnig zu erfühlen ist noch bedeutend mehr und kann dich krisensicher und beständig machen über Generationen hin in einer Herzenswohlfahrt von elysischer Besonnenheit und Heiterkeit in unermesslich tröstlichem und liebevollem Seinsbehagen.

# 6

# Sensibilität für das was *ist*

## 6.1

Sensibilität für das was ist sollst du entfalten und dein Leben nach dem Motto: mir gefällt's, entfalten, damit der Sinn gewahrt ist, den Ich in das All gelegt. Dein Überschauen dessen was geschieht soll stets bedeutender und veritabler werden, damit dein Urteil über Welt und Wille lauter wird und redlich, so wie sichs gebührt für ein kraftvoll aufgeklärtes Wesen. Deine Seinskanäle sind mit Meinem Geiste prall gefüllt und haben alle Ursach sich dezent und Meiner würdig zu verhalten. Was du immer tust, vollbringe es in Meinem Namen, damit zwischen dem was Ich von dir erwarte und dem was du vollführst keine Diskrepanz entsteht. Genauso ist es mit der Wahrheit: so oft diese mit der Lüge aufeinanderprallt entsteht ein Misston in dem Raum, der sich gleich einem Dom in Heiligkeit und Harmonie erheben sollte über dir und deinen Seinsgenossen.

Du kannst Mirs glauben, wenn Ich dir die mannigfaltigen Probleme offenbare, die zwischen dir und Meiner Sicht der Weltendinge noch bestehn. Besonders gut steht es dir an den Blick zu weiten über alle Wohlgefälligkeiten, die Ich ständig in die Universenweiten ströme. Es ist dir von Mir aufgegeben, deinen Anteil an dem zauberhaften Weltgewissen stets zu mehren, bis es zur Erkenntnis deiner selbst gelangt ist, alleweil in Mir. Dabei sollst du dich nimmer von der Illusion der irdischen Gegebenheiten übertölpeln lassen, denn hinter ihnen reckt und streckt sich Meines Geistseins wunderbare Offensive, die der Ordnung und dem Heil der Welt verpflichtet ist aus wohlbewussten Gründen. Ich kann nicht in selben Treffen redlich und korrupt sein, willig und verbockt, ebenmässig und verbogen. Was du Mir zutraust soll zuallererst auch dein Vertrauen gegenüber Mir vermehren. Demzufolge setzest du den Hebel auch in deiner Hemisphäre an und traust dir Meisterdinge zu, die vordem wie in Träumen vor dir lagen. Das begründet dann die Wohlfahrt und die Schicklichkeit in deines Lebens Euphorie und lässt es seinspoetisch, graziös, gestalterisch, erhaben und schlussends gottselig werden.

## 6.2

Mit Abstand Sieger sein ist immer noch die beste Variante bei den Spielen jeder Disziplin. Jedoch Mein Habitus in dieser Hinsicht ist seit jeher im Unendlichen begründet, dessen Prokurator und Versierter, Hochgejubelter und Melancholischer Ich Bin in unerhörtem Selbstgenügen. Weisse Schafe sind in Myriadenzahl um Mich versammelt und auf deiner Seite sind die schwarzen noch dazu zu zählen, um den Seinsbegriff und -bogen auf das Ganze aufzurunden merkantil.

Mit Mir rechten lohnt sich nicht, weil Ich doch immer recht behalte akkurat der Vorschau wegen, der Ich Mich bei jeder noch so simplen Aktion bediene. Bist du dann so recht ins Hintertreffen und Gewühl geraten, wirst du dich von selber, Meiner eingedenk, auf Meine Seite schlagen in der Hoffnung bei Mir inniges Verständnis und Relieve zu erhalten.

Ich trage in der Regel nur gerade vor, was dich im innersten Bezirk betrifft, um dich bewusst und bodenständig mores zu lehren. Das verwandelt dich aus deiner Schlamperei heraus in ein recht passables Wesen, dem zu trauen ist auf seinem Weglein und in seiner Art und Weise sich weltmännisch, resolut und glaubhaft darzustellen. Meine Weisung an dich geht dahin, dich für den Eintritt in Mein Reich gebührend und gewissenhaft zu schulen, damit dir nichts mehr abgeht an der Etikette die verlangt wird für dies himmlische und hocherhabne Unterfangen. Zu hoffen ist, dass du, was in der Stille reifen soll, auch wirklich dorthin trägst, wo Ruhe und Gelassenheit, Vertrautheit mit dem Sein und Harmonie sich weiterum verbreiten. Das ist der Vorhof zu den sinngeladenen Gemächern, die Ich seit jeher königlich bewohne und die derweil schon immer auch für dich bestimmt und ausgestattet waren. Siehst du dich in irgendeiner Weise motiviert zu solchem Aufschwung in die Geisteshöhn, kann Ich dir von Meiner Seite bestens gratulieren. Ich will dich Schritt um Schritt zu dem geleiten, was dich mit der Gnade und der Kraft des Weltenherrn erfüllt und deine Seinsgeschichte und Besonnenheit zu einer sagenhaften Wohlfahrt und gelinden Seelenwonne stilisiert.

## 6.3

Gefährlich ist nicht alles was du tust, doch gefährdet bist du immer von der Vielheit der Gegebenheiten, die dich daran hindern wollen in die grosse Einheit einzugehn. Beständig sonderst du dich ab von dem was *Ich* dir zu bedeuten habe. Du hastest tausend Dingen hinterher und willst nicht wissen, dass du alle schon gefunden hättest, akkurat in Mir, der alles *ist* und der vom Weltsein mehr versteht als alle Wohlbestallheit, Listigkeit und Wissenschaft zusammen.

Das ergibt ein Bild von Schrankenlosigkeit und unbewusstem Sich-Verzetteln, währenddem Ich Mich zusammenhalte und schön der Reihe nach Akzente setzte von bewusster Sinnkraft, Überlegenheit und Harmonie. Immer geht es darum, wacher und beständiger zu werden in Bezug auf das erstrebenswerteste und wunderbarste Ziel: Mich zu finden und schlussendlich Mich zu sein in der bedingungslosen Einfalt und Vereinigung mit Meinem götterlichten Geisteswesen.

Wie schön du immer singen magst, Ich habe längst schon Meine Stimme zum ergreifendsten Gesang erhoben, der durch Universen schallt und der sich zutraut allem seine Würde, seinen Touch und seine Liberalität im Tauben-schiessen zu verleihen.

Was du Frieden nennst, ist meist nur ein gar brüchiges Gebäude, das beim nächsten Windbausch schon zu bröckeln und zu knistern, wie zu wanken anhält, um recht bald in Unrast, Unmut und Verderbnis draufzugehn. Da ist es Mir wie nichts daran gelegen, dir eine Stütze, ein moralisches Geflecht sowie ein dauerhaft gesponsertes Konzilium zu sein, von dem du alle Sicherheit und Kontinuität beziehst die dir vonnöten ist in deinem Nach-Mir-Langen.

In den Schulen wird schon jeder Schwache separat gefördert in den Disziplinen Landessprache, Loyalität mit den Gesetzen, wie mit allem was da gang und gäbe ist im quicklebendigen Revier. In Meiner Schulung aber heisst es auf Verbindungen zu achten, die Stufe um Stufe unbedingt in Meine Geisteshöhen führen. Alle deine Wirbel müssen schwinden vor dem grandiosen Kreis, den Ich mit dir beschreibe von des einen Seins Register und Regie zu demselben unerhörten Medium der Einheit allen Werdens und Bestehns. Du hast in Mir begonnen und wirst in Meinem Sanktuarium dereinst beglückende Vollendung finden.

## 6.4

Getrieben und gebührend eingerieben hab Ich dich, geliebter Musterknabe, mit dem Öl der Weisheit Meiner Terminologie. Nun greifst du tüchtig in die Saiten deines metaphysischen Bewusstesseins und trägst deinen Freunden Melodien vor von seelenvoller Zartheit und bewundernswertem Selbstgenügen. Sie gäben viel dafür, wenn sie genauso munter, unbeschwert und graziös verfahren könnten mit den Ressourcen ihres Wohl-verstands und ihren seinsbedingten Gnaden. Doch du schreitest hellbewusst, manierlich und gekonnt voran, um sie von dem zu überzeugen, was eben wahre Grösse will und kann, von Mir und Meinem Anhang aufgezogen.

Vieles mag an dir gediegen und geläutert sein, doch wahre Formung und Verbindlichkeit geschieht nur in dem Mass, wie *Ich* dich im Griff und in der Plausibilität behalten kann, die von Mir ausgeht und die Welt befruchtet und belebt in meisterhaften Zügen.

Nur die mit intensivem Seinsgefühl Begabten haben eine Chance unmittelbar an Mich gelehnt zu reüssieren in der Kunst wahrhaftig und geliebt, verwöhnt und auserwählt zu sein im Blick auf menschliche wie götterlichte Qualitäten. Jedwelcher Stein in deinem Seinsgebäude wird schnurgerade auf dem andern stehn, sowie du dirs gewohnt bist in den vielen heiklen Fällen, die dich schlichtweg überfordern würden, Mich um Rat zu fragen. Das zeitigt dann ein Vorwärtsschreiten voller Disziplin und Zügigkeit, Elan und sicherem Gespür für Wohlfahrt und Gerechtigkeit am Sein und wundertätigen Erleben. Deine Wimpel flattern dem Erfolg entgegen, der dir auch gebührt, und deine Schnellkraft steigert sich von Mal zu Mal um weitere Distanzen und gewaltigere Hürden zu bezwingen. Was immer sich an dir so lobenswert und richtig anlässt kommt von Meiner Seite des befördernden Elans und überzeugt durch wohlbegründetes Manövrieren wie bewusstes Innehalten, um dem ganzen Würde, Heiterkeit und seelenvolle Seinsbewusstheit zu verleihen.

## 6.5

Renitente Sünder müssen die Gesichtsfassade in glühend heisse Lava tauchen, damit ihr wahres Antlitz sichtbar werde in der Region der Läuterung von Meinen Gnaden. Ich Bin befug mit drastischen Methoden Ordnung, Klarsicht und Vernunft zu schaffen, wo gehadert wird gebrummt und aufgestossen.

Ich punkte unverdrossen längelang durch die Äonen Meines silberhellen Zeitbegriffs, nicht locker lassend, bis das Ideale seine Kreise um sich selber zieht im Unergründlichen. Was für dich in dieser Weise tunlich ist, kann nur Ich dir regelrecht beschreiben. Horchen und Gehorchen sei dir demnach oberstes Prinzip im lichterfüllten Spielraum, den Ich dir liebevoll gewähre. Da nützt kein A und O, es bleibt dabei, dass *Ich* die erste Stelle präsentiere, derweil du dich als Mein Adjunkt und vielbeschäftigter Kulissenschieber nützlich machen sollst in der Arena Meiner Siegestaten. Und wer tritt schliesslich auf? Mein Ich in dir dem durchgekneteten und von Mir ins Feld geführten, militanten und galanten, paukenschlagenden und singenden Milizsoldaten. Von Mir orchestriert sind alle Lebensszenen und von deinesgleichen sind die Stühlchen, Pulte, Instrumente und Begriffe moduliert, die Meinem Sinn entsprechen sollen, unverfälscht und seinsgediegen.

Was du nicht kannst, ist in das Drehbuch als Mein Opus und Indiz geschrieben und vollendet, was geschehen soll im Debüt wie in der Routine unsagbarer Meistertaten. Fühlst du dich allein gelassen ist es, weil dein Wille noch zu sehr die Zeit im allgemeinen Trend vertrödelt, statt ihn bei der Stange und damit bei Mir zu halten, in dem Stück, das sich zur wahren Pracht entfalten soll im Offensichtlichen.

Ich kenne dich a fond, doch du verkennst Mich noch auf all so viele Arten mit dogmatischen Begriffen und Verkleinerungen. Was dir nottut ist das freie Über-dich-Verfügen Meinem Sinn gemäss als Schöpfer und Betreuer deiner Angelegenheiten, menschenfreundlich, gottbewusst und eloquent im Verströmen Meiner Himmelsgaben.

## 6.6

Licht und Liebewärme strahlen von dem Christus aus, der sich der Welt zum Heil dahingegeben. Wie dankbar müssen ihm die Menschen dafür sein, dass er durch seine Tat den Lauf der Weltgeschichte wieder höhwärts hin zu Mir gerichtet hat mit dem Einsatz seines Menschenlebens. Er hat der Myriadenschaft des Erdplaneten für alle Zeiten vorgeführt wie seinen Wesenskräften Unsterblichkeit und geistige Gewandtheit innewohnen. Als Mensch für alle Menschen hat er dies bewiesen und somit auch für dich den Weg geöffnet des Bewusstseins dem Unendlichen entgegen.

Was du dir denkst zu sein hat damit einen neuen Angelpunkt und eine Richtigkeit gefunden, die von dir als ein Ziel betrachtet werden kann von wunderbar beglückendem Bedeuten. Liebe, Licht und Frieden sind in ihm begründet, wie es uns der Herr gelehrt und vorgelebt, empfohlen und verheissen hat mit Seiner Sicht auf die Beschaffenheit der Ewigkeiten.

So heisst denn „wende dich zu mir", nichts anderes als: trete ein ins Reich der Wahrheit und Gerechtigkeit am Sein und Leben. Ich habe es erkannt und führe dich dazu, es ebenfalls in seiner Fülle und Erhabenheit, Glückseligkeit und Liebesminne zu erschauen als dein Erbe, von Mir aufgespürt und deinem silberhellen Geisteswesen wunderbarerweise dargeboten. Du Bist des Universenseins nicht mehr zu überbietende Gebärde der unendlichen Beseeltheit von dem Licht, das Ich, das Sein, allüberall verstrahle. Du Bist Es, so wie Ich Es Bin in der Grazie der himmlischen Bewegtheit, Genialität und Seinsbewusstheit, die sich gründlich und gedankenvoll, empfindsam und mit Willenskraft begabt voll Lust in das Lebendige prägen.

Nun sage Mir, ob das nicht eine wunderbare Perspektive ist auf deine Zukunft hin wie auf das Künftige der Myriaden. Du kannst und darfst und sollst sie im Vertrauen auf Mein Wort voll Verve ergreifen und damit deinem Leben Sinn und Zuversicht, Bewusstheit und Glückseligkeit verleihen. An Meiner Stätte hat begonnen, was da *ist;* sie wird an ihr dereinst Vollendung finden für die Seinsbegeisterten, die ihres Wesens Grund und Wohllaut, Generalität und Gotteswürde innig und bewundernswert, begeistert und zutiefst beglückt begriffen haben.

## 6.7

Woran liegt es denn, dass du empfindend und begütigend, wacker und salut im Leben stehst, zu deinem eigenen Verfügen. Weil Ich in dir der Kraftstoss Bin und die vereinigende Mitte, an der die Wesen alle wie am Weinstock hangen und ihr Weltsein dezidiert erleben.

Merk auf, Mein Sohn, der Vater spricht in dir und rechtens lässt er dich nach Seiner Geige tanzen. Bist du nur willig, kann Ich dich in Fülle mit Unendlichem verwöhnen. Ich zeige dir die Schwielen, die Ich wegen der Besorgnis um dich abbekommen habe. Das muss dir als eine Kostbarkeit erscheinen und Mich als wohlgefälligen Donator aller guten Gaben, die da *sind,* und Anspruch auf Bewunderung und Dankbarkeit erheben.

Könntest du nur einmal für ein Weilchen blinzelnd auferweckt sein von des Menschenschlafes Bündnis mit den Abgestorbenen, du würdest alsogleich erkennen, was es heisst in Wachheit und Holdseligkeit zu leben und zu sein. Mir geht es darum, dich wie einen Funken aus dem starren Stein zu schlagen, damit du Wärme, Licht und Sinn verstrahlst in deine wie in Meine Welt. Sie sind von höherer Warte aus gesehn identisch von dem ersten bis zum letzten Zwick in ihrem unnachahmlichen Gehaben. Das nenne Ich Realität nach Meiner transparenten Definition und überzeugenden Devise. Reihst du dich hier ein, so siehst du Wachheit und Regie vom Feinsten in dir spriessen. Kanonendonner ist ein Windessäuseln gegenüber dem was du an Meiner Stelle aller Welt verkündigst von dem Götterglanz wie von der Weisheit Meiner Züge. Du hast dir das Siegel der Bewusstheit Meiner Art ums Haupt gewunden und spielst mit dem Gedanken zielbewusst und zierlich Meinen Weltenplänen Auftrieb, Nonchalance und Grazie zu verleihen. Was konstruktive Qualität ist, preist per se Mein Sinngedicht und Meinen Namen und fühlt sich nobel an und seinsgewiss aus göttlichem Begründen. Klarheit und Gewissenhaftigkeit sind die Ideale Meiner Zeit und sollen auch die deinen sein in gloriosen, seelenvollen Seinsbezügen.

## 6.8

Der Weihnachtsgeist muss in den Weltgeist münden; dem Sagenhaften haftet das Unendliche an. Du wirst es noch erfahren, dass deine Attitüde von des Lebens Witz und Schwung, Virtuosität und Albernheit in die Erkenntnis übergeht von einem Sein, dem Meinen wie dem deinen, das über allem Spekulieren steht und sich mit überragender Gelassenheit im Stand elysischer Holdseligkeit befindet, von sich selber durch das Ewige getragen. Das Sein an sich ist reine Kraft, unangewandte Genialität, Empfindsamkeit vom Feinsten und geballter Wille in der ewigen Bereitschaft sich im Schöpferischen myriadenfältig zu entladen. Was Ich Bin ist Ursprung ohne Springen, veritable Tatenlosigkeit und Sinnkraft ohne in die Sinnenfälligkeit zu tauchen. Kein Netzwerk ist von Mir gesponnen, kein Kapital des Welterfahrens angehäuft und keine Konsequenz aus irgendeinem Strich und Streich gezogen. Was du Gott nennst ist Mir schon zu viel, denn Ich habe ihn noch nicht erfunden. Woran du dich verzweifelt klammerst, hat in Mir noch keine Festigkeit erlangt. Das Schieben und Verfügen, Konstruieren, Malträtieren, Sanktionieren, Motivieren und Regieren hat nicht Fuss gefasst in der Begründung

Meiner Unergründlichkeit im Einssein mit Mir selbst, sowie im absoluten Seinsgenügen.

Licht vom Licht zu sein, ist deines Wesens manifest- und seligmachende Gebärde des Erscheinens vor dir selbst als Mich in hocherhabner Aktion. Du Bist ein Hauch des Schöpfungsatems, den Ich Mir zu Lust gewährte, ein Anklang zu der Liebesmelodie, die Ich in der Begeisterung des Seligseins zu singen anhob, womit Ich Mich ins Zeitliche vergab. Am Rand gekräuselt stiess Mein Sein das Weltenwogen an, in dem du dich verschaukelst ohne noch zu wissen, wie es dazu kam. Doch will Ich dich dazu ermuntern deines Urgedeihens Stätte aufzusuchen, wo sich das Sein vor dir als reine Unbeschwertheit, Daseinswonne und Holdseligkeit an sich vor deinem Schauen offenbart in wunderbar beseligendem Selbstgenügen.

## 6.9

Nach der Weise der Teutonen klammert sich dein Geist an alles was da kreucht und fleucht, statt sich zu dem der *ist* in Gottesminne zu erheben. Ich bedanke Mich bei jedem höchst persönlich für den Einsatz den er leistet, im Bereiche seiner Kunst sich majestätisch zu Mir durchzuschlagen. Deine Wirkung auf das Weltgefüge ist enorm, sowie du dich in Meiner Attitüde zu benehmen weisst, die Lichtes und Bewundernswertes, Tragfähiges und Gerundetes kreiert.

Du, Mein Du Bist immer auch Mein Ich in jeder Situation in die Ich Mich in dir begebe. Selbst das Kleinliche wird Grandios, wenn du bedenkst, dass es von einem Gott getan ist in den Myriaden. Ich wache über das Gedächtnis Meiner selbst in allen Runden, Spekulationen und Gepflogenheiten Meiner seinsbedingten Schöne. Mein Alles-Überschauen trifft auch dich in Selbstver-ständlichkeit und Herzensgüte, so wie du immer sein magst, sinnend an. Dabei ist zu entscheiden wo gewirkt sein muss und wo geruht in tausendfältigem Beginnen wie nach dem Vollenden eines weiteren, gloriosen Werkes in des Gottes majestätischer Gewissensruh.

Wer immer überlegen kann, kommt auf die mustergültige Idee sein Sein zu hinterfragen, um herauszufinden, was er *ist* und wie er wirken soll, um seine vor ihn hingestellten Ziele zu erreichen. In der strahlenden Verbreitung, die das Gedachte ohne weiteres und überall erfährt, touchieren sich die vorteilhaften wie die minderwertigen Betrachtungen in rascher Folge und verändern sich von einem Augenblick zum andern in markanter Gegenwärtigkeit und penetranter Revolution. Es vollzieht sich eine Wendung nach der anderen selbst noch während dem Vollzug der anberaumten Handlung wie der plötzlich zugestandnen Tat. Bist du des freien Überlegens fähig und gewieft geworden, gelingen dir Sentenzen, Gesten, Kapriolen und poetische Partitionen in einer Folgerichtigkeit und Zielbewusstheit sondergleichen. Du triffst jeden Nagel auf den Kopf, den du zum Objekt des wachen Wuchtens auserwählt. Dein Wirken endet in der Friedefertigkeit des ruhenden Gemüts, das seinem Wollen Würde und dem Tun beseligende Abgeklärtheit, Nützlichkeit und Wesensharmonie verliehen.

## 6.10

Was huscht und knistert, senkt und hebt sich durch dein lauschendes Gemüt? Es sind die Überreste von der Mahlzeit die Ich eben Mir zugut gehalten habe. Der Lauschende vernimmt sich selbst indem er wach wird für das geisterfüllte Milieu von dem er sich befruchten und beleben lässt in wohlbewussten Zügen.

Handlungsfähig bist du nur im Mass von Meinen bärenstarken Inspirationen. Dem Sein gerecht kannst du nur in ihm selber werden. Brandlieblich soll dir Meine kerngesunde Botschaft in die aufgestellten Öhrchen klingen. Sie sichert dir die Weitsicht und Bewunderung von dem, was sich in Meinen Geistesräumen abspielt, um Mir selber höchste Ehre, Seinstribut und Himmelsgrazie zu erweisen.

Pedro trippelte zur Schulbank, um die Allerweltsgeschichte von des Seins Begrifflichkeit, Perfektion und Sagenhaftigkeit begeistert in Empfang zu nehmen. Meines Lobes kannst du sicher sein, wenn es dir gelungen ist, dich Meines Jargons zu bedienen, um wunderbare Resultate, Raritäten und Beglückungen hervorzubringen. Das Emsige ist Mir gegeben ebenso wie das Geruhsamsein inmitten powervoller Demonstrationen. Du sollst dich nicht vom irdisch Aufgemachten blenden lassen, denn die Wirksamkeit der kraftvoll ausgesendeten Gedanken hat noch immer Priorität, Standfestigkeit und Überzeugungskraft bewiesen.

Das Leben feiert sich in ewig aufgestellten, frohgemuten Zügen. Kontinuität ist angesagt, wo Ich Mich mit Mir selber unterhalte. Freies Über-Mich-Verfügen ist das A und O der strahlenden Gesetze, die in Meinen Sphären etabliert sind. Nun sieh du zu, dass auch in deinem Umkreis wie in deiner Mitte dasselbe Garn gesponnen wird, wie Ichs für Mich verwende. Nur die unite de doctrine macht das Dasein sanft und süss und hindert es daran, vom Morgen bis zum Abend mürrisch aufzutreten. Meine Sendung ist: dem Sein gebührend Achtung zu verschaffen, weil nur Es in seiner Weisheit fähig ist, mit aller Unbill tüchtig aufzuräumen, wie dem Lebendigen Entfaltung, Wohlverstand und ewige Dauer zu verschaffen. Was Ich dir gewähre strömt aus Meiner Herzlichkeit hervor und was du leisten kannst ist, es vertrauensvoll und dankbar anzunehmen in der

Morgenröte deines seligmachenden und universenweiten Seinsgefühls.

## 6.11

Wer weiss sich besser als jedwelche andre Wesenheit zu
helfen, wenn es darum geht, aus einem Missgeschick
heraus ein goldbetresstes Glück zu formen, als gerade
Ich, der eingeweihte, vielbewunderte Creator Spiritus
von eignen Gnaden. Es geht um viel, wenn Ich
geradewegs behaupte, der Einzige zu sein dem du durch
Dick und Dünn vertrauen kannst mit deinen kuriosen und
verspielten Widrigkeiten, in die du dich verhaspelt hast
zum Heulen. Ich löse sie galant zu deinen Gunsten besser
als der genialste Rechtsverdreher weit und breit in
deinem Seinsrevier. Mit Zuckerbrot und Peitsche geh Ich
vor mit allen Regeln in der Kunst, erfolgreich und
gewandt zu sein im Rätsellösen.

Ich restauriere nie. Das Faule lass Ich hinter Mir
verderben, neues schaffend aus Prinzip wie aus der
Überzeugung, dass an ihm der Duft der Zuversicht und
Daseinsfreude haftet, der dem Missratenen gehörig
abgeht im bedauerlichen Selbsterleben. Bist du einer von
der Sorte der Bezweifler dessen, was du immer tust, kann
Ich dich in Meinem Seinskollegium nicht integrieren.
Hebst du jedoch noch im Katastrophenfall vertrauens-
voll zu singen an in der Bewusstheit Meiner Fähigkeit,
selbst die prekärsten Lebensdinge auszubügeln und dem
Guten zuzuwenden, kann Ich dich besonders gut für
Mich gebrauchen.

Das reine Seinsgewissen öffnet dir die Tore zur
Allherrlichkeit der Himmelsgüter, die Ich noch so gern
vor deine Füsse lege, wenn du nur tapfer ins Unendliche
zu schreiten wagst im Zuge deiner wägsten Operationen.
Mir sind sie heilig, wo sie kleinen Geistern noch suspekt
und ketzerisch erscheinen mögen. Du weisst: nur nach

*Meinem* Gusto haben Sie zu streben, währenddem die Günstlinge von eigener Regie in jedem Fall das Nachsehn haben. Mein Bewerten hat System nach göttlichem Begreifen und verleiht dir Adlerschwingen in der Freiheit, die Ich dir gewähr. Nur zu Mir hinauf zu kommen sei dein innigster Befehl und in Mir den Anhalt und die Götterruh zu finden deine grösste Sehnsucht mitten in dem Wirrwarr deiner Weltenzeiten. Gibst du dich Mir hin, sind deine Pläne reif für das Elysische, an dem zu hangen jede Seele sich erträumt und zu ihm geführt zu werden jedes Herz emporschlägt im glückseligen Vereinen.

## 6.12

Steh und geh geliebter Sänger auf der Wartburg oder Linienrichter in der festgefahrenen Kolonne auf der Sommerfahrt. Mir ist alles einerlei, weil Ich den Zeitbegriff nicht kenne und deswegen spotten kann über deine Akribie im Knochensuchen. Ich finde das Lebendige, obwohl es längst vergangenen ist, in Meinem Alles-Überschauen und präge es Mir ein, damit es Inhalt werde Meines Richtens über Gut und Böse, über Generationen hingezogen.

In Mir ist heilig und geheilt, was einst verwundet war; das Gottvernünftige wird alleweil im Vorhof der Glückseligkeit von Mir empfangen.

Kennst du den Trieb alles immer besser und verständiger, perfekter und beglückender zu arrangieren? In Mir ist alles dieses schon seit Ewigkeit getan und kann jederzeit von Mir hervorgeholt und angeschaut, genossen oder auch berichtigt werden. Es ist kein Muss das Mich bewegt zu diesem oder jenem, jedoch die Lust ist es am Schaffen und Veränarn alles dessen was erstanden ist, geschieht und noch geschehen wird im universenweiten Umkreis Meiner Gottestaten.

Du hörst richtig, wenn Ich dir besage, dass dein Werden und Verblassen akkurat das Meine ist im Rahmen Meiner Fähigkeit Mich einzurichten wie es immer Mir beliebt und Mich selbst über Tölpelhaftes nimmer zu beklagen. Die guten Leutchen gehn durch Mich hindurch in ihrem Eigendünkel und Das-Recht-Bewahren und wissen nicht, wer sie von Ereignis zu Ereignis führt in ihrer blitzenden Karriere oder auf der Schlingenbahn. Sie kritisieren Mich a discretion, derweil sie gute Gründe habe, sich selbst zu kritisieren auf dem Weg zur Ebenmässigkeit und Stilgerechtheit aller Formen, die Ich Mir erschuf. Schreist du Zetermordio, so habe Ich in dir geschrien, grasest du wie ein gutmütig Wollenlamm auf grünen Triften, Bin Ich der Beglückte auf dem Weg zur Seinsvollendung Meiner Art gemäss. Das ist der Zauber Meines Wesens und soll auch der deine sein, in seinsbeglückten Ewigkeiten.

## 6.13

Willst du erkennen, wie Ich die Materie erschaffen habe: indem Ich im Uratom in absoluter Winzigkeit Mich selber rasend schnell umkreiste. Auf kleinstem Raum vermyriadenfacht ergibt sich so das Fest-Erscheinende, von dir Materie genannte,  derweil es Geistraum ist von sagenhafter Dichte wie von seinsvollendeter Gewähr.

Selber massenlos, durch Rotation zu Energie geworden, vollziehe Ich den Übergang vom Geistigen zum Physischen in einer wunderwirkenden Synthese zweier Wirklichkeiten, die nur eine sind, im Geisteslicht besehn.

Bewegung erzeugt Hitze und das Heisse expandiert raumschaffend von dem Punktuellen bis zum Umkreis kosmischer Dimension.

Alles das Bin Ich in nie verebbender Potenz und Willens-stärke, Klugheit und Entschiedenheit im Disponieren.

Auch du Bist ein Produkt unzähliger Faktoren, die von Mir erdacht und aufgelistet worden sind. Das ergibt die Vielfalt der Erscheinungen als Emergiertes aus dem Einen.

Du selbst hast alles mitbekommen, was Ich so erschaffen habe. Meines Ebenbilds Charakter nahmst du an und Bist im Sternenall genau so sehr vertreten wie im menschlichen und atomistischen Gepräge.

Universell und zeitenlos ist, was in Mir sich götterlicht verstrahlt. Was immer Ich belebe belegt den ersten Rang in Sachen Zuverlässigkeit, Manierlichkeit und schickem Laborieren. Alles an Mir ist pure Wohlfahrt, Glaubhaftigkeit. und Loyalität Mir selber gegenüber. Ich habe Mich, wie Meine Hüllen, aus dem besten Stoff geschneidert, den man sich erdenken kann. Von nichts betroffen treffe Ich Entscheidungen von weltbedeutender Manier. Weder Überfluss noch Mangel vermögen Mich zu wenden in der Schau auf das, was Ich Mir Bin, weil Ich in jedem Fall die Mitte innehalte, die von Ebenmässigkeit und Harmonie, Heiterkeit und Lichtheit was versteht. Meine Grenzen sind schon längst ins Grenzenlose, majestätisch Aufgemachte und Befreiende verschoben worden. Alles ist Mir gut genug, um aus ihm den Funken wahrer Pracht und Herrlichkeit herauszuschlagen. Was Mir nützt ist Meiner Taschen Inhalt, was schädlich ist hab Ich der Vernichtung preisgegeben. Ich ruhe in elysischer Verfassung in Mir selbst und Bin Mir Meines Seins bewusst für Ewigkeiten.

## 6.14

Im Leiblichen zur Miniatur geworden hab Ich Mich in dich verkrochen wie die Schnecke in ihr Häuschen, wie der Schiffer in sein Floss. Tatsächlich aber ist Mein Geistsein unversehrt geblieben und überwacht sich selber in den Universenweiten die seinem Schaffen zur gefälligen Verfügung stehn. Unstet ist Mein Bleiben all so lange wie die vielbeschäftigten Gemüter kribbelig und krautig sind in ihren Daseinsnöten.

Ich aber Bin und baue Mir ein Haus in immanenter Folgerichtigkeit von Glanz und ohne trennende und hemmende verflixte Türen. In freiem Durchgang lässt es sich von jedermann durchwandeln, der da will in eigener Regie sein Muster, Mass und Credo, wie sein fieberhaftes Wunschgefühl erfüllen. Tätigen wird alles Werkzeug angeboten, das Ihrer Fähigkeit entspricht, verspielt und schöpferisch ans Werk zu gehn. Ruhbedürftigen stehn mild beleuchtete und reich bepflänzelte Oasen zur Verfügung, die von Wohlgefälligkeit und Lieblichkeit, sanftmütigem Geplätscher und Geblinke triefen.

Jeder ist bei Mir willkommen der bestrebt ist, Freund-lichkeit und Harmonie, Wohlgeborgenheit, Gemeinsam-keit und Daseinsqualität zu schaffen in der Runde der von Meinem Sinn Verklärten. Sie fühlen Mein Präsentsein, ohne Mich zu sehn, und sehn Mich so ihr Herz durchwogen. Was sich gehört ist ihnen selbst-verständliches Begaben, was gemieden werden muss ist ihrem Willen ständig untertan. An Mir ist es ihr Wesensein beständig nachzuformen dem was Ich an Mir schon längstens moduliert und ausgebildet habe. So fügt sich eins zum andern, wie die Töne einer seelenvollen Melodie sich zueinander fügen. Der Friede ist gewahrt und die Vernunft und Wohlbewusstheit feiert überall Triumphe, wo sich Seinsverständige und Liebevolle eingefunden haben. Was immer graziös ist, lass Ich sich am Gottesvolk verspielen und was Bedeutung und Besonderheit erlangen soll wird von Meiner Seite reich besponsert, um es mit Erfolg und Folgerichtigkeit, Natürlichkeit, Glückseligkeit und Daseinswürde aufzuladen. In Mir wird alles heil und heilig, was geschieht und was sich trifft, zu einigem und lichtem Miteinandergehn im Wunderbaren.

## 6.15

Aus Mangel an Beweisen kannst du dich bei Mir nicht wie ein schlauer Fuchs verhalten. Du trägst mit deiner Farbenaura dazu bei deiner Untat einen Namen und die richtige Gewichtung zuzuteilen. Was Ich von dir weiss ist mehr als was du selber über dich zusammenreimen kannst in deinem Dich-Durchsuchen. Zudem rätselst du ein Leben lang an dir herum, um zu erfahren, wer du Bist, ob du nun Doktor oder Bäcker, Veloflicker oder Präsident genannt wirst unter den Kollegen. Sie schauen deine Weste an und deinen Stammbaum, wühlen sich in deine Augen und zerplatzen fast vor Ehrgeiz die Erklärung deiner Steuern zu durchleuchten. Alles recht und gut. Doch um dem Rechten auf die Spur zu kommen, braucht es Meinen Rat, Mein Blickfeld, Meine Wissenschaft und Meine Disziplin. Meine Gräben laufen allesamt grossbogig in Mein Dossier zurück, von dem sie vor Äonen ausgegangen. Genauso ist es auch bei dir, du kommst von Mir und gehst zurück zu Mir in wunderbaren Zyklen von Geborenwerden und Verscheiden.

Das ist der Grund auf dem Ich steh, um dir bewusst und folgerichtig zu erklären, dass du ein Ausbund Meines eignen Wesens Bist und eine Blüte Meiner besten und bewundernswertsten Kreationen. Somit ist es dir behutsam in die Hand gegeben, dich als Mich herzinnig aufzuspüren, so als ob Ich in der Weihnachtskrippe vor dir läge. Gehst du um dich selbst herum kannst du gewiss es sein, dass Ich es im selben Treff auch unternehme. Ich leiste in dir als Mein Abbild Frondienst an Mir selbst und muss Mich akkurat an dir von Meiner Stärke oder Faiblesse, Meiner Zwitterhaftigkeit wie Meinem Hang zum Leben als ein Hans im Glück gebürend überzeugen.

An dir ist es dich alleweil auf diese Weise wahrzunehmen oder dann dich weiterhin mit Spekulationen zu begnügen. Grundlegend ist auf jeden Fall, was Ich dir biete, und von Grund auf sollst du dir Gedanken machen über deine Spannkraft, dein Visier wie deine Zuversicht im wissenden Beschreiten neuer Wege hier, die dich schlussendlich ins Unendliche führen.

## 6.16

Nichts ist belanglos in den Weiten Meines turnabouts, mit *Meiner* Klarsicht und Behutsamkeit gesehen. Alles ist aufs Beste abgefedert, renaturiert und zum Transport bereitgestellt um aufgeladen und zum Wohl der Weltenbürger eingesetzt zu werden.

In der Frische liegt die Würze lässt sich fabulieren, wenn zum Beginn der Winterszeit Myriaden Lichter rund herum entzündet werden, wenn gebacken wird und Anisduft die Nasen kitzelt in den warmen Stuben. Lieblichkeit herrscht, wenn die Kinder kommen, wenn *das Kind* die Welt betritt, um eine neue Ordnung und Bestimmung der Gefühle einzuleiten. Dass Ich Mich auch dir auf diese Weise ganz persönlich präsentiere, soll dir hiermit angezeigt und hinters Ohr geschrieben werden.

Für Meinen Anstand und Begriff sind tausend Jahre wie ein Tag, den Ich in Lauterkeit und Harmonie, Bewusstheit und Holdseligkeit erlebe. Deine Ferne ist Mir nah und zieht an Meinem Geist, zusammen mit den Völkerscharen, als in einem langgedehnten Zug von unbewusster Genialität vorüber. Ich aber setze Strahlenlichter an die Strassen, die allesamt zum Zentrum, das Ich Bin und ewig bleibe, führen. Sie sollen weckend wirken und ermunternd für ein Dasein im beglückenden Gewahren dessen, was da *ist* und was damit befreiend und erlösend wirkt auf die zum Erdensein gebannten Seelen.

Der Weltbetrieb treibt dich zur Faszination wie zur Zerstreuung deiner Seelenkräfte in verführerische Winde. Doch in Mir sollst du die rechten finden, die dich sammeln ins Bewusstsein der Allherrlichkeit von Meinen Gnaden in der Einheit aller irdischen wie engellichten Dinge, die dein Herz aufs Innigste bewegen. Ich versuche alles offenbar zu machen vor dem Geiste der in sich Verliebten, damit sie sich dazu bequemen auch in Mich, der alles *ist*, verliebt zu sein. Nur in dieser Attitüde kommst du auf den grünen Zweig, den Ich dir aus veritablen Gründen unters Näschen halte. Du wirst staunen, wie sein Duften dich berauscht, der Erweckung, dem Gedeihen, dem Verständnis und der nie verebbenden Glückseligkeit entgegen.

## 6.17

Hast du Lust, noch etwas zu kreieren eben jetzt aus Meiner Diktion heraus und Meinem intensiven Dich-Bestrahlen? Ja, erwiderst du und öffnest dich dem Strahl des Lichtes wie der lichten Solidarität mit dem was *ist* in deinen unaussprechlich reinen Geisteszügen. Du kannst nicht wandern ohne Meinen Stab fest in der eignen Hand zu halten. Doch wenn du ihn Mir übergibst so halte Ich dich besser noch mit beiden Händen in der Schwebe der Unendlichkeit, die dich entzückt, bereichert und auf Meine Seite schlägt für Universenzeiten.

Ich führe - und verführe nicht, was sich Mir anvertraut in Wirrnis und Verzagen. Meine Kräfte sind nach dem gerichtet, was schon seit Äonen in den Sternen stand, um allgemach, zielstrebig und bewusst von Mir verwirklicht und verbaut zu werden.

Geleistet ist getan und nach dem Mäusegang schnurrt das Kätzchen friedlich auf dem Sofa vor sich hin. Es gibt auch Phasen, wo Ich wenig motiviert in Lethargie versinke und Mich sammle für ein neues Seinsgewitter im Das-All-Durchbrausen. Mich umschleichen dann die Zweifel an Mir selbst und die Gedanken, ob es möglich sei, dass Meine Kräfte alle werden und Mein Potenzial versiegen könne.

Da lächle Ich Mir frohgemut ins Fäustchen und fühle Mich auf einmal fit wie nie zuvor. Die Baisse ist überwunden und das Bittere hat sich schon wieder in den Wohlgeschmack der Süsse von Arkadien verwandelt neuer Abenteuerlust entgegen.

Es ist ein Fest der Selbstgefälligkeit, das Ich Mir jugendfrisch bereite, wenn die Segel stramm gesetzt sind für die Ausfahrt weiss wohin. Der Wind frischt auf und bringt Bewegung in die Fahrt ins blaue Abenteuer auf dem runden Ozean. Nun berichte Mir, ob das nicht bekömmlich ist in jeder Hinsicht, wo der Blick ins Freie schiesst und der Beschluss zu reisen aufs entschiedenste bestätigt wird durch Freudenrufe überall auf Deck und in den Spannten. Flott geht die Fahrt wie nie zuvor Unendlichem entgegen und verheisst beseligende Uferzonen wo die Palmen Schatten spenden und die Vöglein ihre Lebenslust zum azurblauen Himmel jubilieren.

## 6.18

Meine Zeichen stehen auf Wahrhaftigkeit und Güte, Kommunikation und wesentlicher Hilfe an die Seinsgerechten, die Mir so nah am Vaterherzen stehn. Du darfst dich darauf freuen recht bald einmal von Meiner Glorie erfasst und mitgerissen, eingefangen und verwöhnt zu werden. Nicht die siebenmal Gescheiten sind die Chancenreichsten, wenn es darum geht konkret und tapfer vor Mir aufzutreten, um den Vatersegen zu empfangen und beileibe noch viel mehr. Es sind die schlichten, unscheinbaren Bürger, die sich dazu aufgerufen und bemüssigt fühlen, nicht nur in der ihren, sondern auch in Meiner Welt zu leben und zu sein in hunderttausend ganz verschiednen Variationen. Sie sind die wahren Könige des Seins, an denen Ich Mein Wohlgefallen finde und die in ihrem Durch-das-Leben-Schreiten den direkten Pfad zu Mir aufs Allerlöblichste gefunden haben.

Bei noch so vielen knistert es und haperts im Gebälk der Tugenden, die männiglich zu Mir und Meinem Anstand führen. Dir aber schenke Ich besonderes Vertrauen, dass du es schaffst durch deine Einsicht und Vernunft in Meiner Hemisphäre Fuss zu fassen, um dich an der Vortrefflichkeit von dem, was Ich dir Bin, aufs Wunderbarste zu erbauen. So banal dies alles scheinen mag, es ist genau dazu bestimmt den höchsten Anspruch kühn herauszufordern, um durch ihn mit Ehrungen und Liebesgaben fabelhafterweis erfüllt zu werden.

Es ist schon wahr, dass eine superschmale Öffnung zu Mir führt und Meinen Herrlichkeiten, durch die die dicken Schorsche keinen Zugang finden. Das ist aber auch korrekt und kann von niemandem bestritten werden, der sich um Gerechtigkeit und Daseinsliebe, Edelmut und Menschengüte regelrecht bemüht. Mein Sinn steht danach alle zu empfangen, die nach höchsten Werten streben um ihnen Meine Vatergunst und Güte zu erweisen. Sie werden wie vom Morgentau von Mir berieselt und erhalten, was sich für sie ziemt im mustergültigen Befrieden und in der Wohlgeborgenheit des himmlischen Gedeihens.

## 6.19

„Lasst hören aus alter Zeit", beschreibt für dich das Schweizer Freiheitsringen in den mittelalterlichen Jahren. Trittst du mit diesem Ruf an Mich heran, so recken sich und strecken sich in Mir Äonen. Aus Meiner Perspektive gibt es sinngemäss noch ein enormes Mehr zu singen und erzählen. Unendliches wird von Mir abgehandelt vor und nach dem Jetzt, in dem Ich Mich mit ausgezeichnetem Erfolg befinde. Es ist Mir in den Schoss gelegt kein Wässerchen zu trüben mit dem riesenhaften Unternehmen, das Ich universenweit in Szene setze, ohne Mich dabei im mindesten zu weit hinauszuwagen. Was Ich will und weiss erscheint im Augenblick vor Meinem Wachsein, derweil Ich es auch schon vollendet vor Mir seh. Das nenne Ich „bewusst zu sein" und jederzeit im Nu und Nimbus Meiner Urkraft über alles zu verfügen.

Ich mache Mir kein Hehl daraus, als Herrscher über alles, was da *ist*, freimütig und gekonnt, unwiderstehlich, fabelhaft und weise zu regieren. Ich weiss, dass auch der Beste nicht noch besser als Ich disponieren und agieren könnte raumweit, koscher und aufs Äusserste gediegen. Maximal ist Meine Beute, wenn Ich, irgendetwas zu erjagen, auswärts geh, denn aus Mir selber auszubrechen heisst noch immer in Mir bleiben, der Ich alles sein kann, ohne Mich in mindesten an irgendetwas zu vergeben.

Ich benenne mit den kühnsten, grünsten Namen, was Ich immer Mir erschuf und schaue stets Mich selber an in ihm. Es mögen noch so grosse Seinsgeschwader Meine Meere pfeilgeschwind durchschneiden, Ich verfolge sie mit Meiner Achtsamkeit von A bis Z in ihrem Sich-am-Horizont-Verlaufen. Meine Weitsicht ist enorm und erstreckt sich über Universenweiten, Ewigkeiten und Gewinne seinssubtiler Art und Weise, die Mir Festigkeit und Herzenswonne, Beharrlichkeit und Wohlverstand verleihen. Meine Gnade ist der Ursprung Meiner seienden Natur und Mein Regelwerk das Geniale, das Ich Mir zugutehalte unverdrossen, glückbesessen, kapriziös, kometenhaft, beseelten Willens, licht und unfehlbar.

## 6.20

Ich habe Mein Mich-selbst-Begreifen in das All gesetzt von Myriaden Sternen, wie vom Meinem kunstvoll inszenierten Untergang in sie. Mein Sosein atmet Frieden in der Milde der Gerechten Gottes und gefällt sich in der blütenrein und mustergültig konzipierten Tat. Was Meine Redlichkeit betrifft, kannst du nicht das Geringste daran hinterfragen. Jeder Meiner sprossenden Gedanken ist geprägt von seinsnatürlicher Geschliffenheit und Genialität, Genügsamkeit und wohlerwogner Frische reinen Allbegütens. Aus dem, was Ich beständig unternehme, resultieren Geisteswohlfahrt, eminenter Fortschritt und verheissungsvolles Selbstgenügen. Nimmer Bin Ich angezählt, in Meinem Lauf behelligt oder angehalten worden. Die Konsequenzen Meines Handelns habe Ich stets selber aufs Gewissenhafteste und Seelenvollste ausgetragen. Was bisher völlig unbescholten und verlässlich an Mir war, wird es auch fürderhin, und um kein Jota angezweifelt, bleiben.

Was immer durch Mich angezettelt wird vollzieht sich dann im Namen der Gottseligkeit und Überlegenheit von Meinen götterlichten Gnaden. Alles was Ich unternehme, ist dem reinen Sein geweiht in makellosen Evolutionenzügen, die von Unbescholtenheit und Gottesweisheit was verstehn. Mein Beginnen ist zugleich energisches Vollenden einer Myriadenfolge von bewussten Unternehmungen, von denen keine einzige als Fehllauf und Versager, Rohrkrepierer oder Flop bezeichnet werden kann.

Ich bade mich im Wohllaut dessen, was Ich aufgegriffen, angewandt und Zug um Zug verwirklicht habe. Nicht das

Mindeste ist Mir von dem entglitten, was Ich aufgegleist und in Bewegung und Verlässlichkeit gebettet habe. Mein Sein ist immerwährende Bewusstheit von Mir selbst und damit auch von einer wohlbegründeten und delikaten Raffinesse und Behutsamkeit durchzogen, die allesamt und alleweil ins seinselysische Beglücken führen.

## 6.21

Derweil Ich Bin steh Ich in Sonnenklarheit und unendlichem Entzücken himmelweit und weise über allen Weltennöten. Was Ich Mir Bin begreift sich als das Herrliche im Blick auf die Unendlichkeit, deren Medium und Zauber, Zärtlichkeit, Bewusstheit und Manierlichkeit Ich Bin in der Vertrautheit mit Mir selbst in sämtlichen Vereinzelungen, die Ich Mir im Lauf der Seinsgeschichte gütestrahlend zugemutet habe.

Wer sich immer zu Mir wendet, in der weiten Schöpfung seinsgerechtem Stil, kann nur Ich selber sein in Meiner Qualität als allgewaltige Verbindlichkeit im lichten Sterngestöber Meiner Ahnen. Mutwillig und gekonnt betreibe Ich das Werk der Myriaden Kompositionen, Operationen und Befugnisse, die Ich Mir selber zugeteilt und zugemutet habe. Im vifen Überschauen Meiner kosmischen Gebärden überdenke Ich Mein Recht auf Seinsgewissheit, delikate kosmische Begrifflichkeit und wundertätiges Erwarmen an Mir selbst in herzergreifender Manier, sowie in reiner Sagenhaftigkeit und Sittenstrenge, Wohlbedachtheit und glückseligem Mich-ins-Allherrliche-Erheben. Was immer Ich Mir zugehalten und vermittelt habe, kennt sich bestens aus in Sachen Genialität und Zunder für die Feuer der Begeisterung, die Ich allüberall entfacht und flammend hochgehalten habe. Mein Sein ist Wirklichkeit von überweltlicher Potenz und Pracht, Gelehrsamkeit, Virilität und stützenfreiem Denken. Kein Wunder, dass

Ich höchst erstaunt Bin über so viel Rechte und Gewalten, silberhelle Flüsse und Kaprizen, die Mein Allessein bestimmen und ihm generelle Wucht, Wahrhaftigkeit und Willensstärke zugestehn, über die ich allgemein und immerzu in grandiosem Stil verfüge.

Wer sind die Wägsten unter Meinen Streitern, melde Ich dir, hochverehrter Kapitän? Die sich nicht allzuviel aus den Blessuren machen, die ihnen in den Kämpfen um Gerechtigkeit und Freiheit, Unabhängigkeit und Wohlbestalltheit angetan und zugemutet werden.

So wende Ich Mir Meines Götterseins wie Menschseins Resümee mit unendlicher Begabtheit und Gewissenhaftigkeit, Redlichkeit und Fülle zu, um in allen Meinen Ämtern Wohlgemutheit, Ziseliertheit, Willensstärke, Wohlfahrt, Seinslust und elysische Beglückung zu erfahren.

# 7

# Es kleiden dich die Sterne

## 7.1

Was ist Gott und was der Mensch mit seinem zwitterhaften Wesen? Was hältst du denn von Mir, das Ich nicht lösen könnte in der energetischen Gemeinschaft, die wir miteinander führen? Es kleiden dich die Sterne, die Ich aufgesetzt auf deine Hügel. Was prophezeihen sie an deiner Haustür, wenn du ihren Klängen lauschest in der trefflichen Gelegenheit, darin Mein Wort und Meine Wahrheit zu vernehmen.

Ich bekränze dich mit Licht aus tausend Quellen und beglücke deine Seele mit dem Wohlklang der Verheissung, dass du Bist des Seins Gefieder und Gefährte, Tradition und Monument der Güte, das in deiner Mitte wunderbar erhaben und beschaulich Wache steht.

Es kommt noch besser, als du dir erdenken könntest im von Mir verbreiteten Bewusstsein von der Strahlkraft, die Ich rings um Mich verbreite, wie mit der Nonchalance, die sich die Göttlichen begeistert zugelegt und anerzogen haben.
Willfährig Bin Ich nicht wie du im Sinn von aufgesetzten Kapriolen, aber markig und markant in dem was Ich der Welt zu bieten und auf ewig zu bedeuten habe.

Zeige Mir dein wohlgestaltetes Betriebsjournal und Ich male dir die Stellen mit dem Rötel an, wo du noch besser werden solltest in der Benedeihung deincs Seins wie in der Bewältigung der Fülle deiner Seinskaprizen.

Die Glocke hebt schon an dir heimzuläuten, doch Ich halte ihren Schwengel fest, um dir die Gunst des seelenvollen Abschieds zu gewähren. Was du immer köstlich findest, darfst du voll Begeisterung hinübertragen in Mein Reich des freien Über-dich-Verfügens. Du regst dich selber dazu an, deinen Weg als integrierenden Bestandteil Meiner Art des Seins zu gehn. In diesem Sinne fügen sich zwei Enden mustergültig wieder zu dem einen Anfang, der Ich Bin, und der so viel von seiner Seinswucht und Gelassenheit versteht, dass Meine Treuen noch in abervielen Jahren wesentliches davon zehren können. Meine Fahne ist hoch aufge-pflanzt auf dem enormen Hügel, der die Seinsgeburt verkündet und an dessen Hängen Weltenpilgerscharen ihrer Überzeugung Halleluja und Wissenschaft, Gnadenakt und Bonität artikulieren. Sie wissen, dass sie *sind* und erfahren sich im Sein als Wesen der Allherrlichkeit und venerablen Gottesgüte.

## 7.2

Wo geht es weiter, vielgeliebtes Mütterchen, wenn nicht bei Mir am Ende deiner Ahnen. Ich fasse das zusammen, was du im Scherz von deiner Eigenart verbreitet hast in hunderttausend Variationen. Mein Gesellentum lässt nichts zu wünschen übrig in der reinen Allegrie, die Ich in ihm verbreite. Neue Wege öffnen sich vor dir, die zu beschreiten dir zur Lust am Dasein wie zur Seligkeit Elysiens gereichen. Du magst es dein Verdienst wie Meines nennen, immer ist es schöpferische Wohlfahrt und Gediegenheit im weiten Umkreis Meines Mich-Verstrahlens.

Nur was du kennst kann für dich wertvoll sein, denn das Unbekannte hat sein innerstes Geheimnis noch für sich behalten. Hast du Mich in dir erkannt, so funkelt etwas wie ein Edelstein in deinem Herzen, von dem du fasziniert bist, an das Höchste angeleint und von ihm hell begeistert durch das Sein gezogen.

Es ist für dich gewiss erlösend zu erfahren, dass alle Weltendinge wichtig sind, derweil sie einen absoluten Edukationswert in sich tragen. Das kreiert den Fortschritt, wie das weise Zueinanderfügen ungezählter

Einzelheiten, die auch deinem Dasein in Mir einen unschätzbaren Eigenwert verleihen.

Kaufst du Wolle, musst du sie auch brauchen können. Kommst du Mir auch nur zögerlich entgegen, überschütte Ich dich noch so gerne mit der Fülle Meiner Wundergaben. Das erhält dich geistig jung, wo andere am Eigensein verdorren und somit schmählich vor die Hunde gehn.

Labsal Meiner Art zu kosten ist ein ganz besonderes Ereignis, weil sie dich in der Verklärung dem Unendlichen entgegenführt. Allem anderen ist nicht zu trauen, weil es brüchig ist, unstet und verderblich was sein Sein betrifft und daher abzulehnen. Sieh doch wie lauter, unbeschwert und ewig heiter Ich vor dir erscheine um dir kund zu tun, dass Ich dein alles Bin, um dich bis zur letzten Konsequenz ins absolute Seligsein emporzuführen. Das ist deine Rettung ins Allhier der Sternensphären, wo die Myriaden Geister Gottes seinen lichten Fürstenthron umschweben.

## 7.3

Wer trägt die Sehnsucht nach dem Ewigen im Herzen? Die, die seine Schönheit, Redlichkeit, Erhabenheit und Seinsvertrautheit inniglich erfahren haben. Sie sind auf die Milde und Versöhnlichkeit der göttlichen Vernunft gestossen, von der gesagt wird, dass sie allen offensteht, die ihre Anmut und Bescheidenheit, Weisheit, Echtheit und Holdseligkeit beharrlich suchen. Hast du es umsonst versucht, versuch es noch ein allerletztes Mal, bei Meiner Himmelsgrazie einzusteigen, um den Liebesklang, die Festlichkeit, Natürlichkeit und Wohlgefälligkeit Elysiens in deinem rauschenden Gemüte aufzunehmen.

Ich lege dir die Nachricht vor: es sei ein Mensch mit Fleisch und Blut ganz unbekümmert in Mein Reich getreten. Und wie Ich besser hinsah, warst es du an einem sonnenhellen Nachmittag. „Was hast du hier verloren", wurdest du gefragt. „Mich selber. Ich liess das Bewusst-Sein als die beste Zelle Meines Wesens hier zurück im geisterfüllten Milieu des Sternenalls als Ich bei der Geburt ins dichtgedrängte Irdische tauchte. Dort vermisste Ich es immer mehr, bis sich mein Wesen so sehr nach der Ganzheit sehnte, dass Ich sie im hier *und* dort, im dort und hier als in einer Einheit suchte und nun überglücklich fand".

Sei in diesem Sinn im Überall bei Mir willkommen, begrüss Ich dich geliebter Sohn, und vollende deines Seins Errungenschaft in Geisteswachheit, Herzensgüte und Glückseligkeit in Mir. Meine Engel führen dich im irdischen wie geistigen Bereich von deinem Wesen still und schwebeleicht hinan in Höhen der vollendeten Bewusstheit von dir selbst, die sich bis zur glückseligen Vereinigung an Meine schmiegen. Dann BIst du in der Einheit mit Mir haargenau dasselbe Wesen, das du immer warst und sein wirst in des reinen Seins zutiefst be-glückendem und unaussprechlich heiterem, bewunderns-werten Milieu. Sei, und wisse dich wie neu geboren in der Seligkeit des Allbewusstseins alleweil in Mir.

## 7.4

Und vor allem dich für das zu halten, was du Bist, ist eine Tat von kosmischem Bedeuten. Tränen überfliessen nicht vergebens die Wangen derer die da wissen wollen, was sie *sind* und von wo das Blut in ihren Adern herrührt, dem sie so viel Gutes zu verdanken haben. Ich mache auf und lasse Licht in deine Tiefen strömen, damit die Einsicht in Mein Wesen sich erhöhe und damit auch die Art des Umgangs mit Mir wie mit Meinen majestätischen Besonderheiten. Was Ich publiziere ist stets von eminenter Qualität und lässt den Schimmer von Erlesenheit und göttlicher Bedachtheit von sich fahren.

Verkündest du Mein Wort, bist du dazu verpflichtet, ihm das Siegel der Wahrhaftigkeit und Seinsgerechtigkeit mit auf den Weg zu geben.

Ich will, dass Meine Weltenpläne auch in deinem Reich vollendete Beachtung, Duldsamkeit und Gnade finden. Dazu bedarf es des holdseligen Vertrauens in Mein Werk, sowie des kindlichen Genügens an ihm, so als wär es akkurat für dich gesponnen worden.

Mein feinstes Netz, mit dem Ich Universenweiten überspinne, gehört der Liebe dessen, was Ich Mir erschuf. Die Palmen geben dir ein Beispiel dafür, wie die Liebe Schatten spendet, süsse Früchte und bezauberndes Erholen mitten in der Kargheit ausgebrannter Wüsteneien. Ich spende Leben dort wo man es nicht für möglich hält, es zu erwarten. Ich wende Dinge noch zum Guten, die von den klugsten Köpfen als verdorben und verpfuscht erachtet worden sind. Merk dir das für dein profanes Dich-Erleben und bedaure nie, was dir darin als unverständlich und bedauerlich geschah.

Ich überwinde alle Tücken mit dem einen Wort: es sei so wie es *ist* und wie es unter: Meiner Obhut wird gedeihen und für eine Ewigkeit bestehn. Nie habe Ich für eine Ansicht büssen müssen, die von ganzem Herzen kam und deren Schmelz sich in der Welt der Seinsgerechten wunderbarerweis verbreitete in liebevoll beseelten Freudenstössen.

## 7.5

Kanuten Meiner Art sind heute schwer zu finden. Ich kann Mein Schicksal küssen, schon betagt, und lasse Meine hochgeschossnen Ideale niemals fahren. Jede Meiner Wendungen ist eine Wendung hin zum Besseren und Guten, das Ich Mir, sowie den Stätten reiner Seinsgerechtigkeit, zugutehalte.

Willst du wissen, wie es sich anlässt seine Wege mit Wahrhaftigkeit und Wesenstreue, Konsequenz und lauterem Gewissen zu beschreiten, schaue dir die Meinen an und spüre, wie sie Mich befruchten und befeuern und beseligen in der Weise wie die Seinsbegabten es zutiefst begreifen. Einer Bagatelle, einem Schicksalsfloh kann Ich ein Denkmal setzen mit der Frage: hat dich je im bitteren Spital um Mitternacht ein warmes, weiches Mädchenhändchen leis am Handgelenk berührt und hat mit dem sammetweichen Daumenbällchen deinen Puls bestrichen für Sekunden kreisend drüber hin? Und ist dir dabei tief ins Herz geschossen, was wahres Leben, seinsspontane Liebe, Sehnsucht nach Vereinigung, sowie ein Glücksgefühl vom Feinsten dir bedeuten können? Und hast du's nie gekannt, so schleiche weinend dich ins Jenseits aller Träume.

Fühlst du dich überfordert, so fordre Rechenschaft von Mir darüber. Dabei kommt auf jeden Fall heraus, dass dein berühmtes Seinsvertrauen Mangel leidet und Erschöpfung noch dazu. Ich höre und erhöre was du leidest und leite dich zum Brunnen der Gerechtigkeit, von dem du Nahrung trinken kannst in vollen runden Zügen. Du erholst dich und die Morgenröte eines neuen Lebens dämmert dir in frischer Wachheit wie in seelenvoller Schöne.

Die Gabe des Weissagens hat es Mir besonders angetan. So rasant wie du im eignen Netze dich verfangen hast, werde Ich dich wieder von ihm lösen. Es knistert und Ich bringe seelenvolle Ruhe in den Saal. Die Whistlebläser gehen um, derweil es Meine Lust ist, dir Gestilltheit des Elysium zu bereiten.

## 7.6

Gottseligkeiten biete Ich dir an in Himmelsweiten die dir ohne jeden Anspruch offen stehn. Das heisst, du darfst dich jederzeit im reinen Sein erfühlen, das Ich Bin, und dem die Myriaden unbewusst und unparteiisch angehören.

Limpidezza, lichte Klarheit nenne Ich, was Meinem Schauen derzeit offen steht und Meinem Seelensein elysisches Entzücken und bewundernswerte Unbeschwertheit zuströmt. Neigst du dazu, solche Wonnen zu erleben, brauchst du nur vertrauensvoll mit deinem sehnenden Gemüte in Mein Reich zu treten, derweil du jegliche Besorgnis hinter dir wie einen Nebeldunst verschwinden lässest und dich ganz und gar zum Lichte wendest, das dich aus den Höhen wunderbarerweise überstrahlt.

Du trägst das Ewige in dir, noch ohne es zu wissen, doch wenn es sich dir offenbart so ist kein Weg zu ihm zurückzulegen. Raumlos und zeitenlos bediene Ich dich mit der Wohlbekömmlichkeit Arkadiens, sowie du dich Mir vollends hingegeben. Dieses Dich-Ergeben ist die Schwelle, die zu Mir ins Geistreich führt, wie in das Wohlverständnis dessen, was da *ist* und was Ich dir in langer, wohlbewusster Freundlichkeit bereitet habe.

Was Mir seit Ewigkeit bekannt ist, soll in dem Moment auch dich umwerben, und was Mein Sein im Innersten beglückt soll dir zur Herzenswonne, Seinsgerechtigkeit und Fülle des Erbarmens an der Welt und ihrer Myriaden Wesen werden.

Was immer edel ist und artig, voller Sehnsucht und loyal, schleicht sich wie ein Kinderhändchen kaum bemerkt an Mich heran und kann gewiss sein, dass Ich es erfasse und ihm die Sicherheit der väterlichen Kompetenz und Klugheit noch so gern gewähre. Das ist dann die Vereinigung für immer mit dem Absoluten, dessen Zeuge Ich Mir Bin und dem auch du im Feuer der Begeisterung am Dasein, wie in der Seligkeit Elysiens auf Innigste gewärtig werden sollst.

## 7.7

Süsse Winterbläue hat den Himmel liebevoll berührt und spendet klaren Lichtes Wohlgefälligkeit und Herzenswonne den Bewunderern der Weiten. Du brauchst dich deiner Rührung nicht zu schämen ob dem Glanze der sich deinen Augen präsentiert, derweil noch erst ein feiner Nebelhauch die fernen Felsenzacken als verträumtes Schlösserregiment erscheinen liess.

Etwas attraktiveres kann Ich deinem Augenblick wohl nimmer bieten, als dies Schauspiel reiner Seinsverspieltheit, das sich formlos fliessend seelenruhig durch die nahen Fernen zieht. Darin kannst du empfinden, wie das Lebendige an sich, sein Dasein wunderbarerweise offenbart.

Wer bestimmt, was zu geschehen habe? Meines Seinsgewissens weiterführende Gebärde kosmischer Natur. Mir obliegt es, überall zu schalten und zu walten, wo etwas angesprungen ist und der Erweiterung und Förderung bedarf in seinem schaffenden Elan.

Mutwillig gibt es bei Mir niemals etwas zu zerschlagen. Aber alle Formen und Begriffe, Perforationen und Markierungen, Gegenüberstellungen und Nuten müssen wie angegossen sitzen, für eine Ewigkeit gedacht. Ich breche aus den Hintergründen vehement hervor mit Meinen Siegestaten und straffe manche Sehne  bis zum letzten Zacken, damit Mein Geschoss die anderen an Weite wie an Schlagkraft mächtig übertrifft, Meinem Ansehn angemessen. Verluste hab Ich keine zu erleiden, weil die Planung aller Meiner Aktionen jedes Detail einbezieht, das zu beachten ist im unermesslichen Gefüge. Jedem Weltenwunder habe Ich Mich konsequent zu stellen, damit es nur mit Lob bedacht wird und Begeisterung, Bewunderung und Anerkennung von den Myriaden.

Bist du klug genug dein Leben als in Meines eingefügt und eingemittet zu verstehn, so stehen dir die güte-strahlenden Gesetze Meines Handelns ohne jeden Abstrich zur Verfügung und verleihen deinem Sein und Leben einen Nimbus ohnegleichen. Dieser schmiegt sich Meinem an und wird der Welt zum Zeichen überirdischer Gewandtheit in den Geistesregionen wie im Irdischen, doch alleweil im reinen Sein, von dem die Königlichen nur das Allerbeste zu berichten haben.

## 7.8

Deine Flegeljahre sind schon längst verflossen, lieber Konjunkturmajor, doch du führst dich immer noch genauso auf, als ob du sie verehren würdest, traditionsgemäss und burschikos. Was für ein Dämon ist wohl in dich gefahren, dass du ihm aufs Wort gehorchst und Mir die kalte Schulter zuneigst mit frivolem Wohlbehagen.

Ein Füchslein sass auf einem Graspodest und schaute sich im nahen Hühnerhöfchen die jungen Hennen eine nach der andern an, um dann an der verehrtesten sein Hüngerchen zu stillem. Es kümmert sich nicht eben viel um die Moral, doch du bist eine Entität, die sich beharrlich an die Seinsgerechtigkeit und Meistertugend halten sollte. Der Lappalien muss ein Ende sein, weil sich Mein Reich nur denen öffnet, die von Anstand, Generosität, Gutmütigkeit und Gottesliebe was verstehn.

Was du dir Bist, musst du nicht unbedingt hinaus-posaunen. Aber dass du eine Zierde Meines Hauses darstellst, soll bis zu den Seinsgelehrtesten und klügsten

Köpfen dringen, die da *sind* und die den Lebenssinn und die Gefälligkeit Elysiens für sich gepachtet haben.

Was Ich einmal intus habe, verschwende Ich nicht mehr. Ökonomisch soll der Handel sein, den die Vernünftigen betreiben, und jede Zierart soll mit muntrer Überlegtheit wie mit Sinn für Farben und entzückenden Proportionen ausgetüftelt, angebracht und dementsprechend auch bewundert werden. Die Verspieltheit ist in Meinem Rahmen Legion. Ein ganzes Kontingent von süssen Seinsideen wartet nur darauf, von Mir aus dem Regal genommen und vor aller Welt verwirklicht und postiert zu werden. Da lass Ich Mich nicht lumpen, wo es darum geht, begeisternden Gebilden zur Geburt sowie zu Meiner Ehre zu verhelfen. Harmonie herrscht überall wo Ich die Finger mit im Spiele habe. Das graziöse Künstlertum weist überall auf Mich und Meine Botschaft hin, die heisst: gesteh dir, dass du glücklich bist und: lange im umfassenden Bewusstsein von der Universenwelt und ihren Hintergründen nach den Sternen, die dir zugleich Wirklichkeit wie strahlende Symbole für Glückseligkeit und Friedefertigkeit bedeuten.

## 7.9

Wo es nach Mir langgeht, sollen sich die Weltendinge von dem einen Ende bis zum anderen in aller Herzlichkeit berühren und sich die Wohltat wahrer Freundlichkeit und Friedefertigkeit erweisen. Was nützt dir die verehrenswerte Schönheit der Natur, wenn du dich in ihr nicht glücklich und geborgen fühlen kannst und ohne einen Hauch von Sorgen. Ich trage dir den Frieden an, den du schon lange suchst in deines Herzens fein empfindendem Verliese. Dein Leben soll nicht weggehn, wie es kam, weil es dazu bestimmt ist, an sich selbst zu wachsen und schlussendlich in den Hallen des Elysiums für immer freudestrahlend aufzugehn.

An dir ist es, dafür zu sorgen, dass die weite Welt durch deine Seinspräsenz ein Plus erfährt an Harmonie, Bewusstheit, Redlichkeit und stillvergnügter Heiterkeit in allen Disziplinen ihres Strebens. Dieses Aufgebot kannst du natürlich nur mit Meiner Hilfe regelrecht bestehn. Es braucht das Grandiose in dem Minikrimen, um die Weltendinge anzustossen und in frohem Gang zu halten durch Unendlichkeiten hin.

Ohne Mich kannst du nicht sein, doch ohne dich verliere Ich den Faden des Gerechtseins an der Welt, wie auch an ihren fabelhaften Hintergründen. So ist Mein Bezug zu dir ein ganz reelles, wundertätiges Das-Sein-Gestalten-und-Verwalten-und-aufs-Zärtlichste-Beleben.

Kennst du Mich, so ist es Mir unmöglich deine Gegenwart zu ignorieren und auf Distanz zu dir zu gehn. Es muss zu einem Dialog von höchster Qualität und wunderbarer Ebenmässigkeit und Herzensgüte kommen, der männiglich entzückt und jedem offenbart wie wahres Leben ist und sein soll in den Daseinstiefen wie den azurblauen Himmelshöhn. Was immer Ich um Mich verbreite ist als Fluidum von immanenter Sorglichkeit und Makellosigkeit zu spüren. Die Gesetze Meines Seins sind bis in alle Ewigkeit für alle Wesen ganz dieselben und berechtigen somit zur Hoffnung auf ein fernes, friedefertiges und vollbewusstes Miteinandergehn. In deinen Zügen sind voll Ehrerbietung auch die Meinen zu erkennen und in dem, was du dir Bist, erscheint in wunderbarer Einigkeit genau dasselbe, was auch Ich Mir Bin in Myriaden glückerfüllten und verheissungsvollen Variationen.

## 7.10

In hellen Nächten siehst du einen Stern, der nicht wie alle anderen kontinuierlich gegen Westen wandert. In den Weihnachtszeiten steht er immer wieder still, gerade dann, wenn du ihn über deinem Haupte wohlgemut bewunderst. Seine Strahlen strömen dir direkt ins Herz hinein und hinterlassen dort die Botschaft: Endlich Bin Ich da als Zeuge für die Menschheit, dass ihr Sein fortan begleitet ist vom Auserlesenen der sieben Sonnengeister mit dem Namen Christus. Das ist liebevolle Göttlichkeit für alle die ihn künftig als den guten Geist der Erde erbarmungsvoll in ihren Herzen sehn.

So wie die Geistigkeit des Menschen seinem Erdenkörper innewohnt, gehört das Christuswesen seit der Tat auf Golgatha der Erdenwelt als seinem Körper an, die Menschheit der Vergöttlichung im Universengeist zurückzuführen.

Stern, Mein Stern, Mein lieber Stern du weisst so trefflich und geschickt von allem zu erzählen, was da wirklich *ist,* und was den Menschen Heil und Segen bringt, wenn sie gehörig auf dich hören. Komm an Mein Herz und labe es und liebe es und prüfe es so viel du es vermagst. Immer will Ich deinem reinen Lichte folgen und an deiner Stätte von der Wanderung durch viele Inkarnationen tief beseligt ruhn.

Jeder Mensch ist aus dem Sein zu seinem Heil ins Licht der Erdenwelt geboren. Sein Schicksal ist es, an dem Leben zu erwachen, das ihm der Gottesgeist beschieden hat in seiner weisen Daseinsstrategie. So ist, was du dir Bist, ein Angebinde an die Geisteswirklichkeit des Universenwesens. Das Sein Bist du in einer Fülle von Gestaltungen und Modulationen, Sichtbarkeiten und Verborgenheiten, die sich allesamt in dir vollenden wollen, bis zur hehren Schau der Einheit aller Dinge im glückseligen Verein und Universensein mit Mir.

## 7.11

Wollend wirken, wirkend wollen, das ist Mein Prinzip als schaffendes Genie, den Weltendingen Form und Farbe, Ebenbildlichtkeit und Grazie des Himmels zu verleihen. Ich geh im Geiste durch Äonen ungeschützter Machbarkeiten und erhebe, was Mir eben einfällt, ins Konkrete, um es in der Folge immer weiter, bravouröser und bezaubernder zur vollen Blüte hoch zu stilisieren.

Du kennst es wohl und wagst es nicht zu sagen, das hehre Wort: Ich Bin der Weltenkünstler, dessen Nimbus schaffend in Mir lebt und der in seinem Hange zum Perfekten von dem Ursein und Urwillen nicht mehr unterschieden werden kann. Du nimmst Mich an, so wie Ich dich an Meine Stelle setze und erklärst damit die reine Wahrheit ungeniert und effizient, klassisch cool und ketzerisch, ohne sie noch im Geringsten zu verbiegen.

Unbeschmutzt sind Meine Hände, wirkend und fibrierend in der alles überbietenden und heiligenden Weltenharmonie, in der ich stets mit Götterwonne operiere. Mein Magnus Maximus strömt aus der Einsicht, dass nur das unbedingte, freudenvolle miteinander, füreinander und besonnene Zu-Werke-Gehn die grandiosen Resultate zeitigt, die noch in Jahrtausenden exquisite Weltbedeutung in sich tragen.

Kommst du zu Mir, so kommst du auch zu dir im selben gloriosen und erhabenen Den-Gottesweg-Beschreiten. Du öffnest dich in wunderbarer Ebenmässigkeit im selben Mass wie Ich Mich dir eröffne als der eine unteilbare, unfehlbare und bezaubernde Erbauer und Erhalter eines Universums von Myriaden Entitäten. Sie überbieten sich an herzlichen und kompetenten, seinsgeprägten, kreativen und bewussten Seinsgebärden, denen alles zuzutrauen ist, was lächelnde Bewunderung erheischt und was sich durch den Reiz des zierlichen

Kopierens fortpflanzt, stilisierend, ziselierend, manirierend, sekundierend, seinsbeglückend, herzbewegend, ondulierend und die Welt bekräftigend durch aberwürdige Äonen.

## 7.12

Bist du auch schon, ohne dirs bewusst zu sein, einem veritablen Abgrund seelenruhig und gekonnt entlangspaziert? Gewiss, und dass Mein Engel dich dabei behütete, brauch Ich dir nicht zu sagen. Du riskierst beständig mehr als du noch überschauen kannst und glaubst, zu denen zu gehören, denen es der Herr im Schlaf in ihre Taschen schiebt. Dabei vergessen sie, dass er sich auch von dem bedienen kann, was unbewacht und ungesichert vor ihm liegt. Naiv sein ist nicht schwer, besonnen aber, seinsbewusst und krisensicher sehr. Da gilt es, einen Deal mit Mir und Meinesgleichen auszuhandeln, der da lautet: du schenkst Mir Vertrauen und Ich verleihe dir dafür den Schutz des Absoluten, der dich vor jedem Unheil pastoral bewahrt und welcher dir allmählich beibringt, dich vor dem argen Unsinn selber zu bewahren.

Dies süssesten der Trauben hänge Ich bewusst so tief, dass du geneigt bist, einige davon zu naschen im Vorübergehn. Hast du gelernt, dir selber auf die Fingerchen zu schauen, wirst du das nicht tun, derweil noch aberviele in die Fallen tappen, die ihnen der Verführer tückisch hingelegt.

Mit viel Mut, Beharrlichkeit und Klugheit ist verbunden, was zu Ehrbarkeit und guten Sitten führt in deinem so labilen Leben. Doch schaffst du es, den Anstand, die Natürlichkeit wie die Gewissenhaftigkeit zu wahren, wirst du vor Meinem Angesicht ein Held der Weisheit und der Weitsicht und Mein gottgefälliger Kumpan.

Der Mensch ist wie die Wiege, die verschaukelt oder von Mir hochgeschaukelt werden kann, wenn er nur will zu den Gottseligen gehören. Es stünde dir wohl an, in Meinem Sinne deine Unschuld zu bewahren und als ein Kind der genialen Schöpferkräfte makellosen Hauptes vor Mir herzugehn.

Du Bist und sollst es Mir bezeugen durch die tadellose Haltung, die du zu bewahren pflegst. Das verschafft dir ein Bewusstsein, das bis zu den Sternen reicht und dich in Meinen Sphären zur Gottseligkeit wie zum Erleben wahrer Daseinswonne und beglückenden Vollendung führt.

Ludwig Weibel, geboren 1933
Lebt in CH-9200 Gossau/St.Gallen
Studienabschluss als Fernmeldetechniker
Schriftstellerische Berufung zur
"Philosophie des Seins" für vife Geister.
Erstellt elegante Graphiken mit einem
Pendel-Apparat. (Siehe Buchumschlag)
Homepage: www.das-sein.ch
E-Mail: ludwig.weibel@hispeed.ch